# 万葉集百歌

*Furuhashi Nobuyoshi*
古橋信孝
*Mori Asao*
森 朝男

青灯社

# 万葉集百歌

装幀　菊地信義
装画　杉田達哉

# はじめに

日本には優れた詩歌がたくさんある。近代の詩・短歌・俳句にも良いものが多いが、古典の和歌・俳諧にもたくさんの名歌・名句がある。それらについて少し深く知ってみたいと思う人は多いだろう。万葉集は明治以降、最もよく詠まれてきた和歌の集である。一昔前までは佐佐木信綱の『萬葉集選釈』、斎藤茂吉の『萬葉秀歌』、池田弥三郎・山本健吉の『萬葉百歌』などが、そうした要望に応える本としてよく読まれた。今では手に入らなくなったものもある。また最近はこの種の新しい本が出版されていない。現代の研究成果を踏まえた万葉集の読みのダイジェストが欲しい。そう思っている人々も多いだろう。

万葉集は一二〇〇年も前に編纂された歌集である。集められた歌は七世紀のはじめから八世紀中頃までの、和歌という形式が成立して歩みはじめる頃の歌であるから、その時代が文学史上どんな時代であったかを知った上で読まないといけない。いきなり近現代の詩歌と同じように鑑賞しても、どこかいまひとつ本当のところに手のとどかないもどかしさが残る。その手のとどかないところに日本文学を特色づける非常におもしろい、重大な問題が隠れている。近年、そうした点についての研究も著しく進んで、新しいことが分かってきた。

そこで本書ではその上に立ち、まず万葉集の歌を、文学の発生や起源に結んで考えることに努めた。例えば花は美しいものとして見る前にめでたいものとして見る自然観が存在したはずである。それゆえ万葉集の花は、ただ美しいものとして詠んだと見たのでは分からない場合がある。

一方、この時代は中国文学を積極的に摂取しようとした時代でもあり、わずか一五〇年足らずの短期間に、万葉集はその摂取を通して高度な表現を達成した。それゆえ文学の発生や起源からの隔たりも含んでいる。第二にこの点に注意をはらい、最新の研究成果を取り入れた。ただし中国文学の影響は、単に表現が似ているから真似たのだ、と言うだけでは意味がない。どんな文学史のドラマがあって影響が摂取されたかを問わねばならない。本書ではその点を注視した。

百首は、著者二人が議論を重ね、従来の評価にこだわらず新たに名歌を発掘する意気込みで選歌した。この時代の歌が述べたような急速度の文芸的成長期に当たることに留意して、歌の分野を広げたり、新しい表現を達成したりしている歌を特に重視して拾うことに努めた。

選んだ百首は十の項目を立てて分類した。万葉集はまだ歌の部類分けが成熟しておらず、部立てのない巻もあったりする。そこで万葉集のことばによらず、今日的な概念で分類項目を作ってみた。〈叙景・季節・旅・恋・鎮魂・人生・風流・物語・からかい・鄙《ひな》〉の十項目である。はじめの三つは万葉集の「雑歌《ぞうか》」に相当し、〈恋〉は「相聞《そうもん》」に、〈鎮魂〉は主に「挽歌《ばんか》」に相当する。雑歌・相聞・挽歌は万葉集によく見える代表的な部立てである。しかし部立てが熟さないことは、逆に言えば万葉集の歌が部立てに馴染まない多彩な内容を持っていることを意味する。それを示すために、さらに〈人生・風流・物語・からかい〉の四項目を加え、また最後に〈鄙《ひな》〉という項目を設けて東国地方の歌である「東歌《あずまうた》」「防人歌《さきもりうた》」を概括した。特に〈鄙《ひな》〉については、和歌という形式が京のものでありながら、急速に全国に伝播して地方とぶつかりあった、これはこの時代の和歌にとって大きな問題であったと思うのであえて立てた。

その他の項目のうち〈鎮魂〉は死者や旧都を悲しむ歌を集めた。死者の霊や旧都の地霊などを鎮めるものなのでこう名付けた。〈風流〉は奈良時代に貴族官人が、中国の文人たちの脱俗趣味を真似ながら、和歌にみやびを作り上げていった歌々である。〈物語〉は主に巻十六の物語的な由緒を持つ歌で、後世の歌物語に連なる虚構を含んでいる。〈からかい〉は後世の和歌には少ない人を揶揄する笑いの歌や罵りの歌をまとめた。こういう歌は特異なものとされやすいが、古代の歌の発生源に横たわる呪言やかけあいなどとも繋がり、また次第に雅語化していく歌ことばの流れに抵抗して、歌本来のおもしろさや力を見せていて注目されるものである。

歌の末尾に巻数と国歌大観の歌番号を付した。各項目内では歌番号順に歌を配列した。またすべての歌につき著者二人が書くことにした。歌の読みをなるべく立体的、複眼的に提供し、読者にも考えていただこうというねらいからである。前例として先掲の『萬葉百歌』がある。

本書の万葉集原文（短歌のみに付した）及び訓読は、原則として、読者が求めやすい中西進編『万葉集全訳注原文付』（全四冊　講談社文庫）によったが、原文の文字は現在通用の字体に改め、訓読文中の漢字も分かりやすいものに改めた。ルビは現代かな遣いによった。また歌語中の歴史的かな遣いには、脇に現代かな遣いをかっこに入れて付記した。

# 目次

はじめに　3

1 叙景　17

たまきはる　宇智の大野に　馬並めて（巻一・四）中皇命　18
わたつみの　豊旗雲に　入日射し（巻一・一五）天智天皇　20
東の野に　炎の　立つ見えて（巻一・四八）柿本人麻呂　22
泊瀬女の　造る木綿花（巻六・九一二）笠金村　24
み吉野の　象山の際の　木末には（巻六・九二四）山部赤人　26
ぬばたまの　夜さり来れば（巻七・一一〇一）　28
逢坂を　うち出でて見れば（巻十三・三二三八）　30
東風　いたく吹くらし（巻十七・四〇一七）大伴家持　32
朝床に　聞けば遙けし（巻十九・四一五〇）大伴家持　34
わが屋戸の　いささ群竹　吹く風の（巻十九・四二九一）大伴家持　36

2 季節　39

冬ごもり　春さり来れば（巻一・一六）額田王　40
石ばしる　垂水の上の　さ蕨の（巻八・一四一八）志貴皇子　44

春の野に　すみれ摘みにと　来しわれそ（巻八・一四二四）山部赤人　46
雨隠り　情いぶせみ　出で見れば（巻八・一五六八）大伴家持　48
君がため　山田の沢に　恵具採むと（巻十・一八三九）　50
春の野に　心展べむと（巻十・一八八二）　52

## 3　旅　55

潮騒に　伊良虞の島辺　漕ぐ船に（巻一・四二）柿本人麻呂　56
何処にか　船泊てすらむ（巻一・五八）高市黒人　58
芦辺行く　鴨の羽がひに　霜降りて（巻一・六四）志貴皇子　60
小竹の葉は　み山もさやに　乱げども（巻二・一三三）柿本人麻呂　62
淡路の　野島の崎の　浜風に（巻三・二五一）柿本人麻呂　64
佐保過ぎて　寧楽の手向に　置く幣は（巻三・三〇〇）長屋王　66
家思ふと　こころ進むな（巻三・三八一）児島　68
沫雪の　ほどろほどろに　降り敷けば（巻八・一六三九）大伴旅人　70
君が行く　海辺の宿に　霧立たば（巻十五・三五八〇）　72
家人は　帰り早来と　いはひ島（巻十五・三六三六）遣新羅使人　74
波の上に　浮寝せし夜（巻十五・三六三九）羽栗　76

恐みと　告らずありしを（巻十五・三七三〇）中臣宅守　78
家にても　たゆたふ命（巻十七・三八九六）大伴旅人の傔従　80
天離る　鄙とも著く（巻十七・四〇一九）大伴家持　82
あしひきの　山行きしかば（巻二十・四二九三）元正太上天皇　84

4

## 恋――87

あかねさす　紫野行き　標野行き（巻一・二〇）額田王　88
秋の田の　穂の上に霧らふ　朝霞（巻二・八八）磐姫皇后　90
秋の田の　穂向きの寄れる　片寄りに（巻二・一一四）但馬皇女　92
君待つと　わが恋ひをれば（巻四・四八八）額田王　94
わが屋戸の　夕影草の　白露の（巻四・五九四）笠郎女　96
恋ひ恋ひて　逢へる時だに（巻四・六六一）大伴坂上郎女　98
夢の逢は　苦しかりけり（巻四・七四一）大伴家持　100
夏の野の　繁みに咲ける　姫百合の（巻八・一五〇〇）大伴坂上郎女　102
わが屋戸の　秋の萩咲く（巻八・一六二二）大伴田村大嬢　104
わが袖に　降りつる雪も　流れゆきて（巻十・二三二〇）106
うつくしと　わが思ふ妹は　早も死なぬか（巻十一・二三五五）108

玉久世の　清き川原に　身祓して（巻十一・二四〇三）　110
高麗錦　紐解き開けて（巻十一・二四〇六）　112
相見ては　面隠さるる　ものからに（巻十一・二五五四）　114
ぬばたまの　妹が黒髪（巻十一・二五六四）　116
ちはやぶる　神の斎垣も　越えぬべし（巻十一・二六六三）　118
紫は　灰さすものそ（巻十二・三一〇一）　120
さし焼かむ　小屋の醜屋に　かき棄てむ　破薦を敷きて（巻十三・三二七〇）　122
山吹は　日に日に咲きぬ（巻十七・三九七四）　大伴池主　126

## 5

## 鎮魂―――129

玉襷　畝傍の山の　橿原の　日知の御代ゆ（巻一・二九）　柿本人麻呂　130
ささなみの　国つ御神の　心さびて（巻一・三三）　高市古人　134
采女の　袖吹き返す　明日香風（巻一・五一）　志貴皇子　136
磯の上に　生ふる馬酔木を　手折らめど（巻二・一六六）　大来皇女　138
天地の　初の時　ひさかたの　天の河原に（巻二・一六七）　柿本人麻呂　140
天飛ぶや　軽の路は　吾妹子が　里にしあれば（巻二・二〇七）　柿本人麻呂　144
淡海の海　夕波千鳥（巻三・二六六）　柿本人麻呂　150

百伝ふ　磐余の池に　鳴く鴨を（巻三・四一六）大津皇子　152
八雲さす　出雲の子らが　黒髪は（巻三・四三〇）柿本人麻呂　154
人もなき　空しき家は（巻三・四五一）大伴旅人　156
妹が見し　楝の花は　散りぬべし（巻五・七九八）山上憶良　158
朝霧の　消やすき我が身（巻五・八八五）麻田陽春　160
秋山の　黄葉あはれび（巻七・一四〇九）　162
里人の　われに告ぐらく　汝が恋ふる　愛し夫は（巻十三・三三〇三）　164

## 6 人生

169
この世にし　楽しくあらば（巻三・三四八）大伴旅人　170
世間を　何に譬へむ（巻三・三五一）沙弥満誓　172
世の中は　空しきものと　知る時し（巻五・七九三）大伴旅人　174
瓜食めば　子ども思ほゆ　栗食めば　まして思はゆ（巻五・八〇二）山上憶良　176
さす竹の　大宮人は（巻十五・三七五八）中臣宅守　180
大伴の　遠つ神祖の　奥つ城は（巻十八・四〇九六）大伴家持　182
うつせみは　数なき身なり（巻二十・四四六八）大伴家持　184

7 風流――187
世の中は　恋繁しゑや（巻五・八一九）豊後守大伴大夫　188
梅の花　夢に語らく（巻五・八五二）大伴旅人　190
山の末に　いさよふ月を（巻七・一〇七一）　192
玉垂の　小簾の間通し（巻七・一〇七三）　194
わが待ちし　秋萩咲きぬ（巻十・二〇一四）　196
天の川　去年の渡りで　遷ろへば（巻十・二〇一八）　198
天の川　川音清けし（巻十・二〇四七）　200
天の川　霧立ち上る（巻十・二〇六三）　202
春の苑　紅にほふ　桃の花（巻十九・四一三九）大伴家持　204
8 物語――207
あられふる　吉志美が岳を　険しみと（巻三・三八五）　208
芦屋の　うなひ処女の　八年児の　片生の時ゆ（巻九・一八〇九）高橋虫麻呂　210
春さらば　挿頭にせむと　わが思ひし（巻十六・三七八六）　216
住吉の　小集楽に出でて（巻十六・三八〇八）　218

商変り　領らすとの　御法あらばこそ（巻十六・三八〇九）　220

## 9　からかい　223

おのれゆゑ　罵らえて居れば（巻十二・三〇九八）　224
吾妹子が　額に生ふる（巻十六・三八三八）　226
寺寺の　女餓鬼申さく（巻十六・三八四〇）池田朝臣　228
法師らが　鬚の剃杭　馬繋ぎ（巻十六・三八四六）　230

## 10　鄙　233

多麻川に　曝す手作り（巻十四・三三七三）　234
武蔵野に　占へ象焼き（巻十四・三三七四）　236
吾が恋は　まさかもかなし（巻十三・三四〇三）　238
汝が母に　嘖られ吾は行く（巻十四・三五一九）　240
陸奥の　安太多良真弓　弾き置きて（巻十四・三四三七）　242
稲春けば　皸る吾が手を（巻十四・三四五九）　244
昨夜こそは　児ろとさ寝しか（巻十四・三五二二）　246
父母も　花にもがもや（巻二十・四三二五）丈部黒当　248

吾ろ旅は　旅と思ほど（巻二十・四三四三）玉作部広目　250
旅と言ど　真旅になりぬ（巻二十・四三八八）占部虫麻呂　252
厩なる　縄絶つ駒の（巻二十・四四二九）　254

あとがき　256

コラム

①万葉集の歌は読めるのか　43　②万葉集の構成　125
③万葉集の表現の特徴は何か　133　④万葉集と季節　149
⑤枕詞・序詞はどのようにして生まれたか　167　⑥万葉集の和歌と漢詩文　179
⑦文学の発生と神謡　215

# 1

# 叙景

中皇命《なかつすめらみこと》

たまきはる　宇智《うち》の大野に　馬並《な》めて
朝踏《ふ》ますらむ（ん）　その草深野《くさふかの》　（巻一・四）

玉尅春　内乃大野尓　馬数而　朝布麻須等六　其草深野

〔〈たまきはる〉宇智の荒野に馬を並べて、朝お踏みになっておいででしょう。その草深い野を。〕

題詞によると、舒明《じょめい》天皇が宇智の野（現奈良県五條市辺）に出猟の時、中皇命が間人老《はしひとのおゆ》に命じて天皇に献《たてまつ》らせた長歌の反歌である。中皇命は舒明天皇の皇女で後の孝徳天皇の妃、間人皇女《はしひとのひめみこ》。間人老は皇女の養育に当った家筋の者で、皇女の側近の臣であった。『日本書紀』の孝徳天皇の巻に遣唐使判官として名の出る中臣間人連老《なかとみのはしひとのむらじおゆ》がこの人であるとすれば、この歌は、詩文の素養もある間人老が、皇女の歌として代作した可能性もある。

「たまきはる」は内・命などの枕詞。「大野」は万葉集では人の踏み込まぬ荒野をいう。「朝踏ますらむ」の推量形には、天皇の営みに敬意をはらって、一歩遠くから想像し讃える心が潜む。心地よい早朝、未踏の荒野に馬を踏み入れる天皇らの姿には、新たな土地を支配する力ある王の国占《くにじ》めの意味が微かに重ねられている。

長歌は次のようなもので、対句を重畳させた整った形式に猟の始まりの緊張を詠んでいる。

やすみしし　わご大君の　朝《あした》には　とり撫《な》でたまひ　夕《ゆうべ》には　い縁《よ》せ立たしし　御執《みと》らしの
梓《あづさ》の弓の　中弭《なかはず》の　音すなり　朝猟に　今立たすらし　夕猟に　今立たすらし　御執らしの
梓の弓の　中弭の　音すなり　（巻一・三）（森）

天皇は郊外の野に出て、狩りをすることで、神々と交感し、霊威を増した。桓武天皇は平安京遷都後、繰り返し郊外の野に遊猟に出ている（古橋信孝『平安京の都市生活と郊外』吉川弘文館）。そのようにして、新しい都の周辺の土地の神々と交感し、都を安定させ、天皇自身が神々に守られる存在になっていったのである。

この歌の場合、森評が「大野」を「人の踏み込まぬ荒野」、「未踏の荒野」と説明しているが、それでもいい。ただ、「支配」というのは少し気になる。天皇は権力だから、そういう面をもつのは間違いないが、古代的な感受性として、神々との交感がもっとも重要だったのだと思う。雄略天皇が葛城山に狩りに行き、一言主の神に出会い、共に狩りをするという話が『古事記』にあるのが証拠である。

この短歌は、「たまきはる」の枕詞以外は、ただ事柄を叙事しているだけだが、そこにこの歌の品格というか、詠み手の、王権や歌への翳《かげ》りのない態度が感じられる。（古橋）

天智天皇

わたつみの　豊旗雲《とよはたぐも》に　入日《いりひ》射《さ》し
今夜《こよい》の月夜《つくよ》　さやけかりこそ　（巻一・一五）

渡津海乃　豊旗雲尓　伊理比沙之　今夜乃月夜　清明己曽

〔海の豊かにたなびく雲に入り日が射して、今夜の月は清らかであってほしい。〕

中大兄皇子（後の天智天皇）の歌とされる。「こそ」は他への希望をあらわす。「わたつみ」は海の雅語とでも考えればいい。海の神とはいわず、「わたつみの神」という。いうならば、神聖な言い方である。

内容的には、入り日が海上の豊かにたなびく雲に輝いているさまがさやかな月夜を予測させるというのだが、「わたつみの豊旗雲」とうたい出すことで、神話時代の情景のように感じられてくる。いうならば原初的な情景だ。海辺で夕日の沈むのを時間の経過を忘れて眺めた経験を、多くの人がもっていると思う。この歌の場合は月夜の美しさに繋がるが、入り日の情景は、中世には西方に浄土を願う信仰と結びついた。（古橋）

海に日が沈む。入り日に照らされて、遠い海上に旗のようになびいている雲が赤く輝く。一日の終りの夕刻は、惜しまれつつ、また明日がどんな時であるかを予測させるような気分になる時である。風景はいつも隠れた意味を持っている。というよりそこに意味の暗示を読み取ろうとしながら眺められる。どんな意味を読み取るかは、時代時代の人の思考形式によって異なる。中世には中世的な、近代には近代的な特徴を持って読み取られる。古代においてはその意味とは神意のようなものであったろう。そういうことが「わたつみの豊旗雲」という言い方を支えている。「豊旗雲」はめでたいことの起こる前兆の瑞雲のような語感だ。「わたつみの」も同様である。この歌の表現の根本は、そうした古代的な、呪術的なものにあるのだろう。

下句の「今夜の月夜さやけかりこそ」も、大きくは同様な心を土台にしてできてきたことばで、良い夜の到来や明日の好天をまじない願うことばのように感じさせる。

しかしこの歌はあくまで歌であって、まじないことばではない。現在として詠まれている入日も、未来として願望されているさやかな海の月も、ある程度の写実味を持っていて、明るく旗雲を照らしている夕日の輝きに感動し、夜の月の清々しい美しさを願うような、新しい心が競り出て来ている。その時、古代的な厳めしいことばは、歌語としての気品や優雅さを形作ることばになっていく。初期万葉のゆるやかな詩ごころの胎動がそこに認められる。強くおおらかな表現で、しかも言葉は奥深い意味を含んでいる。古代和歌として優れた達成を遂げた歌と言うべきであろう。（森）

柿本人麻呂

東《ひんがし》の野に　炎《かぎろい》の　立つ見えて
かへ《え》り見すれば　月傾《かたぶ》きぬ　（巻一・四八）

東　野炎　立所見而　反見為者　月西渡

〔東の野の向こうに朝日が射し始め、振り返って見ると、月が沈んでいく。〕

最終句「月西渡」は、最近は「月傾きぬ」と訓んでいるが、かつては「月西渡る」と訓んだ。朝日が昇る「東」と月が沈む「西」が対応しているわけで、個人的には「月西渡る」をとりたい気がしている。

この歌は「軽皇子の安騎野に宿りましし時、柿本朝臣人麻呂の作れる歌」という題詞のもとに、長歌と短歌四首が並べられている、その短歌の三首目の歌である。この一連については、森朝男さんが、亡くなった天武天皇の跡継ぎとされ期待されながら亡くなった日並皇子の後を継ぐ儀礼的な安騎野行だったということを述べている。

日と月が天に一緒にあるこういう情景はめったにないが、こう詠むことに意味がある。つまり、こう詠むことで、皇子（後の文武天皇）が日と月を支配する、あるいは日と月に庇護され、皇位に就くことを保証するのである。実景としてみないほうがいいと思う。「吉野賛歌」の作者である人麻呂ならこういう歌を作るに違いない。
といっても、西と東を同時に詠みながら無理がなく、単純さがかえって雄大な感じをもたらすのは、やはり人麻呂の力量というか、古代国家成立期の自信に基づいた力強さだろう。（古橋）

古橋評にも紹介されたが、この歌は軽皇子がちょうど十歳ほどになり、立太子式を済ませた頃の歌で、この歌と組みになった長歌では、皇子を「わご大君」「日の皇子」と天皇級の賛辞で呼び、明日香の京から、まる一日掛けて雄壮に山越えして来たことを述べ、続く二首の短歌では、亡き父日並皇子がかつてこの野で猟をした日を追懐して、眠れぬ夜を過ごすことが詠まれている。続いてこの第三首めの短歌で夜明けを詠む。さらに次の四首めでは、

日並皇子《ひなみしのみこ》の命《みこと》の馬並《な》めて御猟《みかり》立たしし時は来向《きむ》かふ（う）（巻一・四九）

と詠んでいる。亡父日並が、馬を並べて猟を始めたあの時が、今まさにやってこようとしている、というのである。これは朝が来て、まさに猟を始めようとする息子の軽皇子の姿に、亡父日並皇子の再来を感じ取っている歌だ。

そうすると第三首めのこの歌は、新しい王の誕生の時を表現したもので、東に昇る日は新王軽皇子を、西に沈む月は亡き日並皇子を象徴しているととれる。そのように祝福の朝の時を詠んだものと解釈すると、斎藤茂吉らが写生の歌だと説いた従来の理解から、一歩読みを前進させることができる。（森）

笠金村《かさのかなむら》

泊瀬女《はつせめ》の　造る木綿花《ゆうはな》
み吉野の　滝《たぎ》の水沫《みなわ》に　咲きにけらずや　（巻六・九一二）

泊瀬女　造木綿花　三吉野　滝乃水沫　開来受屋

〔泊瀬の女が作る木綿花が、吉野の激流の水沫に咲いているでないか。〕

「泊瀬女の造る木綿花」は、葬祭の土地である泊瀬の女たちが作る祭具。楮《こうぞ》の白い繊維を榊《さかき》の枝などに付けて垂らしたもので、花のように見えた。泊瀬は奈良県の大和川（初瀬川）の上流。「滝」は激流のこと。

笠金村は元正・聖武天皇時代の宮廷歌人で、この歌は養老七年、元正天皇の吉野離宮行幸に従駕した時の歌である。同時代の山部赤人や先輩の柿本人麻呂らも同様であるが、宮廷歌人は天皇の行幸に従駕して、行幸先の土地や行幸そのものを讃える歌を詠んだ。特に吉野離宮への行幸は多く、宮廷歌人らの歌も多い。吉野川はその際に必ずと言っていいほど詠み込まれる景観であった。ここも吉野川の激流の白い飛沫を讃えている。飛沫を神具に見立てたところに、山深くを流れる川の神秘的で清冽なおもむきが捉えられている。人麻呂も赤人も、吉野川を表現する時には、しばしば「清し」という言葉を用いていて、表現の約束ごとのようになっている。この歌も清らかさを表現しようとしている。また花に見立てて、「咲きにけらずや」と詠んだのには、離宮への行幸を讃える心がひそんでいると見てよいだろう。（森）

私にとって印象深い歌である。というのは、万葉集の読み方を考えて苦闘し、古代の感受性に近づいて読むことを目指していくようになって、たとえば旅の歌は道中安全を願う歌だというように、いわば歌を呪的に読むようになっていった。

そういうなかで、この歌に出会った。この歌は、「泊瀬女」は神女、木綿花は幣、滝は激流だから霊威が強くあらわれている場所を意味しており、神女が川の神に幣を捧げる歌として読むのは容易だが、幣を花といい、幣が激流に散ることを花が咲くといっているところに、はっとさせられた。文学が言葉の芸術であることを薄くみるようになっていたことに気づかされたわけだ。祈願の言葉なら祝詞《のりと》など呪詞がある。歌は呪詞そのものではない。この歌は、呪詞を唱えた後で、つまり儀礼が終わった後で、その祭祀のさまを詠んだものに違いなく、そのとき、神女が幣を捧げるという行為を、美として表現したものなのである。気持ちは祭祀している敬虔さが続いているが、それを美の面から言い直しているといっていい。それが文学であり、人によって見方が異なるから多様に次々に作られていく理由なのである。

平安期の中心的な詩の技法である見立ての最初の例がこの歌である。掛詞にしろ見立てにしろ、万葉集になかったわけではない。ただ万葉集の技法の中心は枕詞と序詞であった。（古橋）

山部赤人《やまべのあかひと》

み吉野の　象山《きさやま》の際《ま》の　木末《こぬれ》には
ここだもさわく　鳥の声かも　（巻六・九二四）
三吉野乃　象山際乃　木末尓波　幾許毛散和口　鳥之声可聞
〔吉野の象山のあたりの梢に、こんなに騒いでいる鳥の声よ。〕

山部赤人の吉野行幸従駕歌で、長歌と反歌二首からなるが、その反歌の一首目の歌である。赤人は人麻呂の後をうけて、宮廷歌人として活躍した。

もう一首の反歌は、

ぬばたまの夜《よ》の更《ふ》けぬれば久木生《ひさきお》ふる清き川原に千鳥しば鳴く　（巻六・九二五）

で、この歌が夜に詠まれたものとわかる。二首目の反歌に、吉野川の川原に「久木」が生えているとあるが、「久木」はキササゲかアカメガシワではないかという説があるにしても、楠が霊妙なようすをあらわすクスシの語幹で、霊妙な木を意味するように、久しく、つまり神代から長く生えている木であると思われる。したがって、「ぬばたまの」の歌は、神代以来ある久木が生えている清澄な川原に千鳥がしきりに鳴いているという情景を詠んでいる。ならば、千鳥のしきりに鳴く声を神託と聞いていると読むことができる。そこまで読まなくても、神聖なさまを詠んでいることは確かである。「み吉野の」の歌も、同じように読める。こちらも「ここだもさわく」と詠んでいるから、やはり鳥の声を何かのお告げと解するのがいいかもしれない。もちろん、吉野をほめている内容だろう。しかし、そのほめていることを示す言い方がないことによって、叙景歌のように読めるのである。これが、人麻呂とは違う赤人の歌である。「ここだ」という言い方がリアルだ。（古橋）

この歌とそれに続く第二の反歌とはともに鳥を詠みながら、山の鳥（一首目）と川の鳥（二首目）とを対比的に組み合わせている。さらに一首目に明瞭には示されていないが、二首目が夜の鳥の声を詠むから、朝と夜という対比も含まれているのかも知れない。二首の前にある長歌でも、吉野の離宮を讃えて「畳づく　青垣隠《ごも》り　川次《かわなみ》の　清き河内そ　春べは　花咲きををり　秋されば　霧立ち渡る」（巻六・九二三）という具合に、山と川（「青垣」は山脈、「川次」は川筋の意）、春と秋、といった対比が見える。表現に形式美を求めている。宮廷歌だからである。人麻呂の宮廷歌も形式を重視したところがあるが、聖武天皇時代の赤人らの宮廷歌は、さらに徹底して、それを最優先させている。一方で山上憶良や大伴旅人らの新しい主題やことばの歌が生まれようとした時代であったから、伝統的な宮廷歌は逆に形式に徹するほかになかったのだ。

反歌では二首とも鳥の鳴き声の多いことが詠まれているが、これも一種の讃えことばなのではないだろうか。離宮周辺が霊性に満ちていることを言ったのである。（森）

ぬばたまの　夜《よる》さり来れば
巻向《まきむく》の　川音《かわと》高しも　嵐かも疾《と》き　（巻七・一一〇一）

黒玉之　夜去来者　巻向之　川音高之母　荒足鴨疾

〔〈ぬばたまの〉夜がやって来ると巻向川の川音が高まるよ。風が激しくなったのだろうかな。〕

「河を詠《よ》める」という題の下の一首。万葉集編集の資料の一つになった先行歌集に、「柿本人麻呂歌集」というものがあったらしい。万葉集にはこの歌集から三七〇首余の歌が採られている。それらから推量すると、人麻呂の歌のほかに同時代の他の人の歌も含まれたらしい。これもその人麻呂歌集から採られた歌の一首で、歌がらからして人麻呂の作ではないかと言われて来た。「ぬばたまの」は枕詞。巻向川は大和盆地の中央辺り、東の山から盆地に向けて流れ下る川で、地勢上急流をなしている。万葉集では「穴師《あなし》川」という名でも呼ばれる。「嵐かも疾き」は、風が速く（激しく）なったのかな。

家の中にいて、遠くから聞こえてくる川の音が段々に高くなってきたのを知り、水量が増したのを察し、風が激しくなって上流の天候が変わったことを想像しているのである。川の音の高まりから天候の変化を察する自然への感性は、鋭敏で男性的で、古代人的なものをひそめていると思われる。

土地の人に聞いた話だが、巻向川の上流、巻向山の頂の近くにはダンノダイラと呼ばれる広い湿地があって、今でも湧き水があるということだ。それが大和盆地に向けて急な傾斜地を流れ下るのだ。今日、天候が良くてもこの川は水量が豊かである。雨が降ると流れはもっと激しくなるのだろう。（森）

天候の予想は生活にとって大きな意味を持つ。古代歌謡になるが、『古事記』神武天皇条に、神武が亡くなった後、神武の后イスケヨリ姫が自分の息子の三兄弟に迫る危険を知らせるためにうたったとされる、「狭井《さい》川よ　雲立ち渡り　畝傍《うねび》山　木の葉さやぎぬ　風吹かむとす」も、これから雨が降るという天候の急変を知らせるいわば天気予報のようなものを元にしていると思われる。というのは、『常陸国風土記』に、「筑波の岳に黒雲かかり　衣の袖ひたち（浸すの意）の国」という常陸という地名の起源譚と関係する古い諺があることが記されている例があるからである。諺としては、筑波山に黒雲がかかっているから、これから雨が降る、着物を濡らすなというものだったと考えられる。

このように、民間に天気予報の諺があった。しかし、イスケヨリ姫の話のように、近い未来に危険が迫ることを知らせる予兆にもなった。そういう自然の変化にかかわる表現のうえに、「ぬばたまの」の歌は立っている。この歌は予報ではない。川音を聞くことで、外の嵐を感じているだけだ。とはいっても、この歌は容易に未来に起こる危険を予兆する歌にもなりうる。（古橋）

逢坂《おうさか》を　うち出《い》でて見れば
淡海《おうみ》の海　白木綿花《しらゆうはな》に　波立ち渡る

（巻十三・三二三八）

相坂乎　打出而見者　淡海之海　白木綿花尓　浪立渡

〔逢坂山を越えて出て眺めると、淡海の海には白い木綿花のように波が立ち連なっている。〕

「逢坂」は現在の大津市と京都市の境にある逢坂山。平城京から北陸方面へ向かう道は、宇治から北東へ進んで逢坂山を越え、琵琶湖の西岸へ出た。この峠を越えると琵琶湖が眼下に見える。「淡海の海」は琵琶湖のこと。淡水の海の意味で、上代には平城京に近い琵琶湖を「近《ちか》つ淡海《おうみ》」、遠い浜名湖を「遠《とお》つ淡海《おうみ》」といい、国名もこれをもとに「近江《おうみ》」「遠江《とおとうみ》」と言った。

「白木綿花」は楮の繊維をさらして作った神祭の道具ないしは供え物と考えられている。白くふさふさして花のように見えたものか。ここでは湖岸に寄って砕ける波を譬えた。

琵琶湖の方に向って道を行く詠み手が、逢坂山を越える時に、ひらけた視界に入ってきた琵琶湖の波打ち際の様子を詠んだ歌である。

万葉集では波や川の激流の譬えに木綿花がよく用いられる（二四ページ参照）。神祭りの道具に譬えることで、自然の清冽な印象が息づく。古代的な自然への目を感じさせる。（森）

「うち出て見れば」は、山部赤人の、

田子の浦ゆうち出でて見れば真白にぞ不尽《ふじ》の高嶺《たかね》に雪は降りける（巻三・三一八）

があるように、視界が開け、突然飛び込んでくる景色を詠む様式になっている。古く国見歌に始まる様式である。国見歌は「……見れば……見ゆ」という定型で、始祖の神が国を建てる場所を見出した神謡から起こった。

私は「巡行叙事」という言い方で、この始祖の神の移動をうたう歌謡があったことを推定した（『万葉歌の成立』講談社学術文庫）。沖縄の古神謡にこの種のスタイルがみられるからである。神謡とは、神話がうたわれていたことによる言い方である。神聖な伝承は特別な言葉で伝えられたはずで、神語りといってもいい。

この様式は、見出した風景がすばらしいことを表現する様式として、万葉集にみられる。必ずしも国見型ではなく、

大坂をわが越え来れば二上《ふたがみ》に黄葉《もみちば》流る時雨《しぐれ》ふりつつ（巻十・二一八五）

馬並《な》めて高の山辺を白妙ににほはしたるは梅の花かも（巻十・一八五九）

というように、いろいろに詠まれた。国見歌と呼ばない理由である。（古橋）

大伴《おおともの》家持《やかもち》

東風《あゆのかぜ》　いたく吹くらし
奈呉《なご》の海人《あま》の　釣する小舟　漕《こ》ぎ隠《かく》る見ゆ　（巻十七・四〇一七）

東風　伊多久布久良之　奈呉乃安麻能　都利須流乎夫祢　許芸可久流見由

〔東風がひどく吹いているようだ。奈呉の海で釣りする海人の小さな船が波の間に見え隠れしている。〕

「東風」に「越の俗の語に、東風をあゆのかぜといふ」と注がついている。しかも、歌の本文に注されている。これは、この歌が「東風をあゆのかぜ」ということに、家持の関心があったことを示している。そのために詠んだ歌といっていいほどと思う。

このように、歌は心の想いを詠むだけでなく、こういう表現をしてみたいというようなモチーフで作ることもある。家持は文学者だから、言葉に対する関心が深かった。万葉集では珍しい語、表現が多く見られる。

この場合、越中の方言を詠み込んだということだが、その言葉を海で釣りする小舟という景に活かすことで、地方の雰囲気を出そうとしている。万葉集では旅の歌が海や海人を詠むことが多いのは、瀬戸内海が主要な航路であり、海辺に道があったからだが、海のない都にとって海が異郷の雰囲気をもっともよくあらわすからだと思う。家持はその伝統に基づきながら、東風という方言を活かし、高い波の間に見え隠れしている小舟という景に仕立てた。波にもまれている小舟は危なっかしく、不安感も出しており、旅の雰囲気をよく詠んでいる。（古橋）

越前国守の館があったとされる富山県高岡市の伏木の高台からは、富山湾が一望できる。奈呉の海とはその富山湾を言うのだろうとされている。その高台からか、そこから海岸に下りた辺りからか、詠み手は釣り船を見ている、という実際の光景を、この歌について想像してみるのもおもしろい。「漕ぎ隠る見ゆ」については、私は、沖合から引き上げて浦蔭へ隠れて行く意味だろうと思っている。「漕ぎ隠る見ゆ」という歌句の万葉集中のいま一つの例として「天《あめ》の海に雲の波立ち月の船星の林に漕ぎ隠る見ゆ」（巻七・一〇六八）がある。これは天を詠んだもので比喩的な歌だが、月の船が星の「林」に隠れるという、その「林」は、想定としてはやはり島や陸地の木々の蔭を意味しているのではないか。

「あゆのかぜ」については現在もこの地方に「あいのかぜ」ということばが存在し、海から陸地に向けて吹く北向きの風を言うらしい。これに基づいて考えると、家持はそれをあえて漢詩文の世界で春を告げる「東風」に当ててそう表記したのである。『礼紀』月令には「孟春之月…東風解凍」とある。土地のことばへの関心と漢詩文への関心が複合している。天平二十年（七四八）正月二九日と日付があって、早春の作である。（森）

大伴家持

朝床《あさどこ》に　聞けば遙《はる》けし
射水川《いみずがわ》　朝漕ぎしつつ　歌《うた(う)》ふ船人《ふなびと》
（巻十九・四一五〇）

朝床尓　聞者遙之　射水河　朝己芸思都追　唱船人

〔朝、床で耳を澄ますと遙かに聞こえる。射水河を朝漕ぎ出して歌っている船人よ。〕

「朝床」「朝漕ぎ」という語があったわけではない。万葉集にはそれぞれこの一例のみ。家持はこのような造語をした。この「朝」が呼応して、歌にリズムを与えて、船人の歌を聞いている感じを出す工夫をしている。

「船歌」を詠むのも珍しい。家持は越中守として赴任しているから、その地方の雰囲気を詠もうとしたのだろう。旅先の想いを詠んでいるのである。しかし、旅にあって、朝詠むのは普通妻や恋人のことである。「朝床」という語も、一人寝で眠れなくて明かした寝床をさしているかもしれない。あるいは目覚めて、一人寝に気づきさびしい想いをしているということかもしれない。そういうなかで、かすかに聞こえてくる船歌に耳を澄ませたということだろう。

しかし、この歌はただ聞こえてくる船歌だけを詠んでいる。それゆえ、旅の情緒が漂う。いい歌だと思う。こういう歌が家持の到り着いた歌の境地であった。後の「春愁三首」といわれる歌

に繋がる。（古橋）

これは天平勝宝二年（七五〇）三月の歌である。家持の絶唱といわれる「春愁三首」が詠まれたのは三年後、越中より帰京した後の同五年（七五三）二月である。「春愁三首」は「わが屋戸の」（巻十九・四二九一、三六ページ）のところでふれる。「わが屋戸の」の歌は夕方の竹藪の風を「音のかそけき」と表現し、心の表現を持たない。この歌も遠くから聞こえる船人の歌を「聞けば遙けし」と表現して、同じく心の表現を持たない。しかし双方とも、何となく春先のとりとめない微妙な憂愁が歌からしみ出てくるようで、よく似ている。

「春愁三首」の他の二首も空の鶯や雲雀の声を聞いて心に宿った、そこはかとない憂愁を詠んでいる。こうしたデリケートな心の動きは、万葉集の歌の中で家持が初めて表現しえたものである。この歌の作られた天平勝宝二年の春の歌には秀歌が並び、「春愁三首」に至る家持独特の歌風が形成される過程をよく示している。

春設《ま》けて物悲しきにさ夜更《ふ》けて羽振《はぶ》き鳴く鴫誰《しぎた》が田にか住む（巻十九・四一四一）

これも同じ時期の歌で、春が近づいたもの悲しい夜更けに、遠くの田で鳴く鴫の声をかすかに聞いている歌である。これも春に憂愁を感じている歌だ。（森）

大伴家持

わが屋戸《やど》の　いささ群竹《むらたけ》　吹く風の
音のかそけき　この夕《ゆうべ》かも　（巻十九・四二九一）

和我屋度能　伊佐左村竹　布久風能　於等能可蘇気伎　許能由布敝可母

〔わが家の、わずかな竹群れに通ってくる、風の音のかすかな、この夕暮れよ。〕

「いささ」は、いささかな。わずかな。別に「斎笹《いささ》」（神事に用いる清浄な笹）とする説もあるが、通説の方が下句の「音のかそけき」によく適応する。

越中から帰京した後の天平勝宝五年（七五三）二月の歌で、題詞に「二十三日に、興に依りて作れる歌二首」とあるものの一首である。「興」は風景などを見て心に兆した思いのこと。またさらに二日後の二十五日にも春の景と心を詠んだ一首があり、三首を合わせ「春愁三首」と呼ばれて、家持の絶唱と評されてきた。他の二首を引いておく。

春の野に霞たなびきうら悲しこの夕かげに鶯鳴くも　（巻十九・四二九〇）

うらうらに照れる春日《はるひ》に雲雀《ひばり》あがり情《こころ》悲しも独《ひと》りしおもへ《（え）》ば　（同四二九二）

どちらも春の景に心を重ねて詠んだものであるが、その心はとりたてて原因のない悲しみで、感情と言うよりは気分とでも言った方がよいものだ。

それらに混じり、この一首は景の表現のみに徹し、心を表現しない。それだけにかえってなお詠み手の微妙な心の揺れ動きが伝わってくるようにできている。春の一日の暮れた夕方、ささやかな竹の群れに通う風の音を敏感に感じとっている、詠み手の沈静した気分というものが伝わってくるようだ。（森）

かすかな音に耳を澄ませている詠み手の像が鮮明に浮かぶ秀歌である。

この春愁三首と呼ばれる歌はどれもいい歌だと思う。詠み手の孤独な心そのものと景とが均衡し、緊迫しているのだ。詠み手はこの歌によって、孤独な心に気づかされたといってもいい。

こう辿ることもできる。一首目は、春の野に霞がたなびくとは普通春の訪れを感じる喜びのはずなのに、自分は悲しいと詠み、二首目は、かすかな音に耳を澄ませていることを詠み、そして三首目で、そういう自分の心が孤独なのだと気づくという展開をしている。最初の二首は「興」も詠んだとするが、三首目は二日おいて、「悽惆《せいちう》の心は歌にあらずははらい難し」と憂愁の心を払うために歌を詠んだと述べている。つまり、まず「興」によって歌を作ってみたが、悲しい心に出会ってしまい、それはなぜだろうと気になって、辿り着いたのが孤独だと知ることだった。

家持に何があったか、大伴氏がどういう状況にあったか、いろいろいえるだろうが、そういうことよりも、歌としては、理由もなく孤独だと感じる心が自然との緊迫した関係において詠まれており、近代に通じる歌となっている。ということは、歴史を超えてしまった歌ということである。（古橋）

# 2
# 季節

額田王《ぬかたのおおきみ》

冬ごもり　春さり来れば
鳴かざりし　鳥も来鳴《きな》きぬ　咲かざりし　花も咲《さ》けれど
山を茂《も》み　入《い》りても取らず　草深《ふか》み　取りても見ず
秋山の　木《こ》の葉を見ては
黄葉《もみち》をば　取りてそしのふ　青きをば　置きてそ歎《なげ》く
そこし恨《うら》めし　秋山われは　（巻一・一六）

〔〈冬ごもり〉春がやってくると、
鳴かなかった鳥も鳴き始める。咲かなかった花も咲くけれど、
山が茂るから手に折り取って見ることもせず、草が深くなるから入って
折り取ることもしない。
一方、秋の山の木の葉を見るにつけては、
色づいたのを取って賞美する。まだ青いままなのは捨て置いて歎く。
そこは恨めしい。――秋山が好ましい。私は。〕

「冬ごもり」は、「春」の枕詞。「山を茂《も》み」は山が茂るので。「茂《も》み」は形容詞「茂《も》し」に接尾

語「み」が付いた言い方で原因理由を示す。「草深み」の「み」も同じ。「しのふ」は賞美する、思慕する。第三音節は上代では濁らない。「忍ぶ」とは別語。

この歌は、天智天皇が藤原鎌足に命じて、春山の花と秋山の紅葉の優劣を競わせた時、額田王が歌によってそれを判別したもの、と記されている。おそらく漢詩によって春秋それぞれの美しさを表現させ、優劣を競わせたのであろう。鎌足の下に春派と秋派に分かれた男性官人たち多数がおり、漢詩によってそれぞれの主張を表現させ、それらを踏まえて鎌足が最終的な判別をする詩宴のような席であったと考えられる。女の額田王はそれに対して和歌を詠んだのである。

額田王はこの宮廷に出仕した宮人で、この席にも奉仕していたのであろう。その場で、詩宴の途中の余興のような意味合いで、歌の才能のある額田王が突然に指名された。春方・秋方に分かれる男性官人の双方に配慮して、春秋それぞれの長短を公平に詠みながら、結局、女の主張として、折り取って屋内で季節を楽しむことのできる秋を良しとした。女の主張を詠むことでどちらからも非難されぬ第三の立場を確保した。そこに額田王の機知が感じられる。

奈良時代の漢詩集『懐風藻』は冒頭に大友皇子（天智天皇の皇子）の詩二首を置く。日本人が漢詩を詠むことはこの時代に始まったことを示している。天智天皇の近江の宮廷では中国の先進文化を摂取しようとする機運が盛んで、遣唐使の派遣も行われた。漢詩文を学び中国風の風雅をまねようとする動きも隆盛であったようだ。この歌の成立の場として想定される宴にも、そうした背景があったと想像される。（森）

この額田王のような態度は、紀貫之に受け継がれている。『古今和歌集』に継ぐ勅撰集の『拾遺和歌集』に、貫之が「ある所に春秋いづれかまさると問はせ給ひけるに」、「春秋に思ひ《い》乱れて分きかねつ時につけつつうつる心は」と応えたという例がある。春と秋のどちらがいいかというような問いは、小学生の頃、夏休み前に、海と山のどちらがいいかみんなで議論させられたのと同じように、自分の意見をいうことに意味のある、いわば文化的な遊びである。そして、必ずどちらも立てる中間に立つ者があらわれる。額田王や紀貫之のような歌人は、そういう立場に立たされる、宮廷歌人とでも呼べるような人たちである。

しかし、貫之は、額田王のように、自分の好みをいっていない。森評の、それは女だから許されたという見方はおもしろい。この時代唯一の和文である歌が中心になって、平安期のひらがな体の文字が隆盛になるが、そのひらがなは「女手」と呼ばれた。ひらがな体は私的な想いを表現できるものとして、同時代の世界に珍しい高度の作品を生み出した。しかしそれだけでなく、すぐれた作品を書くには、公平な立場に立たねばならない。そういう女の文学の始まり的な位置に、額田王はいるのかもしれない。(古橋)

コラム①
## 万葉集の歌は読めるのか

千三百年も前の万葉集がかんたんに読めるわけはない。まずそう考えてみるべきだ。普通、同じ人間、同じ日本人だから変わらないと思ってしまうが、そうはいかない。たとえば、一夫多妻制の人たちと一夫一妻制のわれわれと異性に対し同じ感情をもっているだろうか。神々を信じ、祖先を祀る人たちと同じなのだろうか、というように違いはいくらでもあげられる。私はその違いが気になり、逆に同じとみえる感情を疑ってみることから考え始めようとした。それで、古代的な感じ方、考え方はどういうものかを知ることを目指した。

方法的には、呪的に読むことをしてきた。旅の歌は道中無事の願いがこめられている、というような読み方である。それだけなら呪文でいいから、そこに美的なものが付け加えられたのが歌ということになる。この呪的はこう説明できる。いい歌を作ろうとすると心がそちらに向かい、旅の不安を忘れられ、気分が変わる。こういう作歌の働きが呪的でもある、と。

しかし、そう説明していっても、なぜ読めるのかという問は残る。五十の頃からは、言葉はほんとうに通じるのかという問題を考えている（古橋信孝『古代都市の文芸生活』大修館）。言葉は普遍性に向かう要素と、自分に向かう要素をもっている。この普遍性自体、社会や歴史を超える普遍性、古代社会に通じる普遍性など、幾層にもなっている。身近には隣の人にも通じない部分まである。この通じないという部分を深く意識したうえで、読むべきなのである。（古橋）

志貴皇子《しきのみこ》

石《いわ》ばしる　垂水《たるみ》の上の　さ蕨《わらび》の
萌《も》え出《い》(ず)づる春に　なりにけるかも　（巻八・一四一八）

石激　垂見之上乃　左和良妣乃　毛要出春尓　成来鴨

〈石ばしる〉滝のほとりの蕨が萌え出る春になったことだよ。〕

「石ばしる」は枕詞。「垂水の上」は滝のほとり。「垂水」は滝のこと。「さ蕨」の「さ」は本来祭式の詞章でめでたい物を言う時に添えた接頭語であり、歌言葉として慣用化された。「さ蕨」の場合は「早」の音サウを連想して「早蕨」の文字を当てるようになったが、本来「早」の意味はない。

題詞に「志貴皇子の懽《よろこび》の御歌」とある。「春」は比喩で、何かの祝い事を詠んだ歌だとする解もあるが、単純に春の到来を喜ぶ歌と見るべきだろう。春の到来は、また新年の到来でもある。「垂水の上のさ蕨の萌え出づる春」は、春を詠むには、あまり一般的でない微細な景物を選び出している点に、偏りが感じられるようだが、逆にそこにこそ新鮮な春の発見があると見るべき歌だ。同じ志貴皇子には、寒夜を表現するのに「芦辺行く鴨の羽がひに霜降りて」と言った歌もあった（六〇ページ参照）。

志貴皇子は天智天皇の皇子。奈良時代の末に即位した光仁天皇の父。万葉集に六首の歌しか伝えないが、優れた歌が多い。（森）

「石ばしる」は枕詞でもいいが、「走る」は跳ねるの意で、滝が岩に飛沫をあげている光景とみてもいいと思う。というのは、なぜ滝のほとりの蕨が萌え出したことが春の喜びになるのか、わかりにくいからである。川は、桃太郎の話があるように、異郷から霊威を運んでくるものと観念された。まして、滝は落ちてくる向こうは見えないゆえ異郷を幻想するにふさわしいし、激しい音や飛沫に霊威の濃さを感じたに違いない。それゆえ、萌え出した蕨を、異郷の霊威のあらわれとして受け止めたのである。

そういう春の菜を摘んで食する春の野遊びの行事があった。今は七草がゆといわれて、お正月に食べる。食することで、春の霊威を身につけ、その年の健康、幸せなどを願うのである。

この歌も、そういう野遊びの歌かもしれない。しかし、叙景歌として、すっきりしたなかなかいい歌だと思う。（古橋）

山部赤人

春の野に　すみれ摘みにと　来《こ》しわれそ
野をなつかしみ　一夜《ひとよ》寝にける　（巻八・一四二四）

春野尓　須美礼採尓等　来師吾曽　野乎奈都可之美　一夜宿二来

〔春の野にすみれを摘もうと来た私は、あまりに野にしたしんで、一夜宿ってしまったことよ。〕

春の野に出るのは春の野遊びで、本来共同体全体の行事だった。新しく芽を吹いた草を摘んでその場で調理し、みんなで食することによって、生命力を身に着け、共同体を繁栄させようとする行事である。現代でも、春の七草、七草粥として残っている。

この行事に歌垣《うたがき》があり、男女が歌を交わし合って、気に入った相手を選び、時には共寝することもあった。その意味で、この行事はエロティックな性格があったといっていい。生命力を補強するのも性的なものも身体のことで、関連する。「一夜寝にける」は、そのエロティックな雰囲気をあらわしている。女と寝たと考えていいくらいだ。

この歌はそのエロティシズムを薄くして、「野をなつかしみ」と一夜明かした理由を詠んでいる。そう表現されることで、野で一夜明かした理由が心の問題に読め、心の不可思議さを詠んでいるようにみえる。これが、赤人のこの歌のよさと思う。文学はこのように表現するものだといえるかもしれない。人麻呂が、死を黄葉に魅せられて山に入ったと詠むことと通じている。人麻呂、赤人が古代和歌を確立したのはこういう表現を生み出したからである。（古橋）

赤人の歌が均整のとれた形式の美というものを追い求めていることは、「み吉野の象山の際の」の歌（巻六・九二四、二六ページ）のところでふれた。形式の重視は反自然ということに繋がる。赤人が叙景歌人だという言い方には問題がある。赤人の歌の風景は美的で作為的な構築物なのだと見た方がよい。絵画は決して写生だけから成り立つものではない。

この歌はそうした問題を解きほぐす鍵になる歌だ。人工空間である都市に住まう者たちは自然と切り離され、それゆえに逆に自然に憧れる。そのことを古橋氏の『古代都市の文芸生活』（大修館）は郊外の成立の問題として説いている。この歌の「野をなつかしみ」はそれである。

ところでまた人間と自然との関係は、恐れつつ惹かれる点において、性の問題とも似ている。性もまた人間の身体に残った自然（動物性）である。野で一夜を過ごすという表現の奥にはかすかにそうした連繋、古橋評に言うエロスがひそんでいる。しかしそれはあくまでかすかなもので、抽象化され、美的に加工されている。気品の感じられる歌になっている。平城京に住むこの時代の貴族たちが、春日野の野遊びを好んで、そこで菜摘みや花見や蹴鞠《けまり》などにふけったことを思い合わせると、よく分かる。（森）

大伴家持

雨隠《あまごも》り　情《こころ》いぶせみ　出《い》で見れば
春日《かすが》の山は　色づきにけり　（巻八・一五六八）

雨隠　情鬱悒　出見者　春日山者　色付二家利

〔雨を忌んで隠っていて鬱陶しくて、出てみると、春日の山は黄葉していることよ。〕

「雨隠り」は雨に触れることを忌んで隠ること。天から降ってくるものに触れるのを避けた。月の光に照らされることを忌むのと通じている。霊力が強いからである。太陽の光を避けないのは、逆に、その霊力で活性化されると感じたと考えればいい。昼は人が活動する時間帯だったのである。夜は神々の時間帯で、人は家に隠っていなければならなかった。逢い引きは夜にするものだが、その場合は、むしろ月の霊力に守られて出かけられた。恋自体が不可思議なもの、つまり神々の側の行為と考えられたのである。

雨で隠っていて、ようやくあがって、外に出て見ると、春日山はすっかり黄葉していたと詠む。雨が黄葉にした。雨の霊力で黄葉になったのである。季節の変化を神々の運行と考えていた。「けり」は、過去に起こったことに気づいたことをあらわす。日本語は過去をあらわす助動詞が多くあった。「き」「たり」「り」「けむ」と、使い分けがあった。過去の時間を区別する観念があったのである。「き」は確実に起こったことをあらわす。神話は「き」で語られる。真実だからである。物語は「けり」で語られる。過去に起こったことを語り手が気づいたように語るわけで、真実という点からいえば、弱くなる。（古橋）

木の葉はしぐれによって色づくと見られた。万葉集にもそう詠んだ歌が見えるが、平安時代の和歌では、紅葉をしぐれにからめて詠む歌は多くなる。しぐれの降る頃の気温の低下が紅葉を誘うのだから、科学的にも根拠のあることだが、歌としては季感を表現する取り合わせとして、約束ごとのように見られたのである。

この歌は雨に閉じ込められてしばらく外の景色を見ずにいる間に、その雨のせいかすっかり黄葉してしまった春日山の姿に驚いている。まだ約束ごとになりきらない時代の自然な感じの詠み方をしていて、かえって新鮮だ。しぐれと黄葉を因果の関係としては表現していないのである。万葉集では春の雨も開花を誘うものとして詠まれたりしているから、雨に対しては、古橋評に言うとおりやはり霊威を感じていたのかも知れない。

家に閉じこもっていることは、たとえ雨隠りでも忌み隠りを連想させるところがある。神祭の前などに身を清めるために慎みの生活をすることだ。その隠りの期間が終わって神を迎え晴れやかに喜びの宴をする。それに似た気分で、これも暫くぶりに外界にふれて、その変化に鬱陶しい心が晴れて行く感じを表現している。（森）

君がため　山田の沢に　恵具《えぐ》採むと
雪消《ゆきげ》の水に　裳の裾《すそ》濡れぬ　（巻十・一八三九）

為君　山田之沢　恵具採跡　雪消之水尓　裳裾所沾

〔あなたのために山田の沢で恵具を摘もうとして、裳の裾を濡らしてしまったことだ。〕

恵具はクログワイという。とにかく早春の水辺に芽を出す草である。春の野に出て芽を出した草を摘み、その場で調理して食する、春の野遊びのことは前に述べた。

この歌は、その春の草を雪解けの川の水辺で摘んでいる。あなたのためと詠んでいるが、行事としては共同体の成員全員で行くものだから、特定の誰というのではないかもしれない。少なくとも、摘むのは女たちの仕事で、女が摘んだ菜を煮炊きすると考えれば、複数の人が食べるわけだから、特定の男のためとはならない。にもかかわらず、こううたうのは、複数の男の一人一人に、対の対象としての「君」にあたるように接することで、男の側も高揚し、芽吹いた草の呪力、活力を充分に身に着けることができるからである。そういう状況でも、恋人に食べさせるようにに詠むのが文学なのである。

そうではなく、都市的な行事になると、親しい者同士誘い合わせて出かけるから、実際の恋人である可能性もある。それでも昼間に二人でデートというようなことはありえない社会だから、複数の人々と一緒のはずで、やはり、先の解釈でいいと思う。

裳の裾を濡らしてとは、雪解けの冷たい水に耐えてということで、苦労して摘んだことをあらわす。（古橋）

似た歌を挙げてみよう

君がため浮沼《うきぬ》の池の菱《ひし》摘むとわが染めし袖濡れにけるかも　（巻七・一二四九）

君がため春の野に出でて若菜摘むわが衣手に雪は降りつつ　（古今集巻一・二一）

二首目は光孝天皇が皇子だった頃の歌という。小倉百人一首にも入る。一首目は作者不明歌。いずれも下句に雪や水に衣が濡れることを詠んでいる。おそらくこの種の歌はいま伝わる歌のほかにもたくさん詠まれていて、もともとは人に物を与える時の歌の定めとして、水に濡れた、というのも物を贈る時に深い心を表す決まり文句であったのだろう。「君」のおおもとにあるのは恋人でもよいが、仕える主君でもよい。

そうした歌の伝統が段々に変化して、この歌や光孝天皇の歌は、むしろ濡らされる雪や水の冷たさ・清々しさを詠むことの方へ、重心が移されている感じがある。それゆえ季節の歌になっているると言える。巻十は季節によって歌を分類した巻で、この歌は「春の雑歌」の部にある。君のために恵具を採りながら、裳裾を冷たい水に濡らしているのが、早春の季節を楽しむ充足感のようになってきている。（森）

春の野に　心展《の》べむ《(ん)》と　思ふ《(う)》どち　来《こ》し今日の日は　暮れずもあらぬか　（巻十・一八八二）

春野尓　意将述跡　念共　来之今日者　不晩毛荒粳

〔春の野で心を晴らそうと、同好の仲間同士でやって来た今日の一日は、暮れないでほしい。〕

春が来ると野に出て菜摘みや花見をして遊び暮らすのが、平城京貴族たちの楽しみだった。摘んだ菜をそこで煮て食べたり、また蹴鞠などをすることもあったらしい。季節や自然を楽しむのだが、こうした野遊びはまた風流心を促す場ともなって、それを基盤に文芸（季節を詠む和歌）が花開くという関係にもあった。

「思ふどち」はそういう遊楽を好む仲間たちを指す言葉で、平城京時代の歌になるとよく登場する。「どち」は漢語「同士」の日本的発音。お互いに思いあう仲の良い友達同士の意味と解されるが、もう少し違う意味があるかも知れない。風流のたしなみは、教養や高貴な趣味意識を身に備えた官僚貴族層のプライドと繋がっており、自然遊覧や文芸に深い思いを寄せることが貴族的であることの証明だった。したがって「思ふどち」とは、風流を「思う」志を共有する、世俗を超越した心の友同士、という意味ともとれる。

遊覧は日常を越えたある種の精神活動の場であるから、祭などの宗教行事と同じ晴の営みでもある。「暮れずもあらぬか」は、その一日を祝福する意味をこめて、遊覧への専心を表明したも

のである。（森）

　私にとって画期をなす発見の一つに「郊外論」がある。日本の古代都市は郊外をもつのが特徴だということを、巻八、十の歌によって気づいた。このような自然にふれる歌は平城京の郊外によってこそ詠まれた。郊外へは、この歌のように、親しい者同士で出かけた。それ以前の共同体の成員全員で行く野遊びの行事とは異なる。だから、春菜を食してその年の無事を願うというような意味とは違って、「心展べむと」つまり、心を伸び伸びさせようと出かけるのである。

　この「心展べむと」という言い方は、平安期に下るが、『蜻蛉日記』にも二例みられ、いずれも郊外に出かける場合である。家から離れ、田園風景を楽しみながら、神社やお寺に行くのである。郊外の成立によって、自然にふれることを楽しむ歌が成立した。これが『古今和歌集』の四季の歌に繋がっていく。

　郊外は、神社仏閣などが建てられ、神々と人々が接触する空間であった。遣唐使の成功を祈願するため全国の神々を集めて祭祀するのも、平城京のすぐ東にある春日野、つまり郊外だった。郊外は神も人も、交感できる場所だった。いうならば内と外の関係を対立的にしない文化である。（古橋『平安京の都市生活と郊外』など参照）。

　ちなみにヨーロッパで郊外が成立するのは近代である。都市を囲んでいた城壁が壊されることで近代になった。（古橋）

# 3

# 旅

柿本人麻呂《かきのもとのひとまろ》

潮騒《しおさい》に　伊良虞《いらご》の島辺　漕《こ》ぐ船に
妹《いも》乗るらむ（ん）か　荒き島廻《しまみ》を　（巻一・四二）

潮左為二　五十等児乃嶋辺　榜船荷　妹乗良六鹿　荒嶋廻乎

〔潮騒の騒ぐなか、伊良虞の島辺を漕ぐ船に、いとしい人は乗っているだろうか。荒々しい島の廻りを。〕

持統天皇六年（六九二）の伊勢国行幸の折、京に留まっていた柿本人麻呂が伊勢湾に船遊びをする一行の様子を思いやって詠んだ三首のうちの一首。他の二首は次のとおりである。

嗚呼見《あみ》の浦に船乗りすらむ憾嫣《おとめ》らが珠裳《たまも》の裾《すそ》に潮満つらむか　（巻一・四〇）

くしろ着く手節《たふし》の崎に今日もかも大宮人《おおみやびと》の玉藻《たまも》刈るらむ　（同四一）

一首めで「憾嫣《おとめ》ら」、二首めで「大宮人」を詠み、三首目で「妹」を詠んでいる。「妹」は一首目の「憾嫣ら」のうちの一人、宮廷女官であろう。優雅な宮廷女官たちが裳の裾を潮に濡らしていたり、宮廷奉仕の男女官人が海藻を刈っていたりなど、海辺の遊びの光景を想像し、最後の一首に荒い磯の辺りを漕ぐ船に対し、少し不安をにじませながら、女官を「妹」と表現し換えている。しかしそれも海辺の遊びのなかの一頂点であって、不安を詠もうとするものではない。華やかな宮廷人たちを海を背景に描き出し、行幸という宮廷行事の盛大さを讃える、三首一貫した歌の一つと見るべきである。鳴呼見の浦は不明。鳥羽の海岸の辺りとする説がある。手節は鳥羽市東方の答志《とうし》島。伊良虞の島は伊勢湾の神島かと言われる。（森）

旅に出ている男を想う女の歌は多いが、逆の歌はほとんどない。その意味で、この歌は特殊である。そこで考えられるのは、人麻呂が逆の歌を作ってみせたのではないかということである。私は、人麻呂はいわば歌作りのプロで、いろいろの歌を作って宮廷人を喜ばせたのではないかと思っている。歌には事実が詠まれていると受け取るのは素朴すぎる。

古代的な表現として注意したいのは、森評に引いている歌の最初の、官女「珠裳の裾に潮満つらむか」である。「珠裳」と最高に美しい裳といっていることと呼応して、「裾に海水が満ちている」というのは、単に濡れているという意味であるとは考えられない。伊勢は「常世波しき寄する国（常世から波が寄せてくる国）」と呼ばれた国であり、斎宮がある、神聖な国である。「常世」とは、いわば海の彼方の神々の世界である。官女はその常世の霊威を浴びているのではないか。天皇が諸国を行幸するのは、その国の霊威を身につけるためである。官女も霊威を浴び、その霊威によって天皇を守る役割をもった。

しかし、掲げた歌は、やはり旅の不安を詠んでいるように思う。「妹」といっているのは、私的な想いを表出しているからで、後の二首の公的な表出と、対になっている。（古橋）

高市黒人《たけちのくろひと》

何処《いずく》にか　船泊《ふなは》てすらむ(ん)
安礼《あれ》の崎　漕《こ》ぎ廻《た》み行《ゆ》きし　棚無《たなな》し小舟《おぶね》　(巻一・五八)

何所尓可　船泊為良武　安礼之埼　榜多味行之　棚無小舟

〔どこの津に船を停泊させているだろう。安礼の崎を漕ぎ廻って行った、あの棚のない小舟は。〕

大宝二年(七〇二)、退位後の持統天皇の三河国行幸の時の歌。安礼の崎は不明。三河湾東部の音羽川の河口とする説がある。「棚無し小舟」は船棚(船の傍板)の数が少ない、船底の浅い小舟(異説もある)。旅の途上、暫く前に安礼の崎を漕ぎ廻って行った小舟が、日の暮れる今頃どこの港に着いているだろうか、と思いやった歌。「船泊てすらむ」の「らむ」は、現在他所で起こっていることを推量する助動詞だからそう解釈するのがよい。未来を想像した歌ではない。

船を繋ぐ場所(津・水門《みなと》)は河口から少し中に入った所にあるのが普通だから、そこから漕ぎ出し、河口の岬を回って広い海面に出た小さな不安定な船が、無事にどこかの津に漕ぎ着いたか、と思いやっているのだ。その思いやりは、そのまま詠み手自身の旅の不安を投影したものなのだろう。黒人には他にも次のような類似の歌があり、黒人独創の境地と言える。

旅にして物恋《こほ》しきに山下の赤《あけ》のそほ船沖に漕ぐ見ゆ　（巻三・二七〇）
わが船は比良《ひら》の湊《みなと》に漕ぎ泊《は》てむ沖へな離《さか》りさ夜更《ふ》けにけり　（巻三・二七四）
率《あと》ひて漕ぎ行く船は高島の阿渡《あと》の水門《みなと》に泊《は》てにけむかも　（巻九・一七一八）

一首めの「赤のそほ船」は、赤い土（そほ）を塗った船。二首めの「沖へな離《さか》り」は、沖の方へ離れるな。三首めの「率《あと》ひて」は、連れだって。特に一首めは詠み手の旅愁と、崖下から沖に漕ぎ出す不安げな小船の景がみごとに融合している。（森）

黒人の歌は、旅を主題化しているところがある。主題化といっているのは、旅の孤独感、不安感、また旅愁とでもいえる情緒などがみごとに表現されている歌が多いからである。

万葉集に旅の歌が多くあるのは、古代国家が確立していくなかで、公務で地方へ旅する都人が増えたことと関係している。人麻呂がモデルを作り、後の人たちが倣い、旅の歌というジャンルが成立した。そのジャンルを追求したのが黒人である。他にそういう歌人はいない。

黒人以外の旅の歌は妻を想う歌が多く、旅の不安が中心だが、また、異郷を代表する海人を詠むものも多い。異国にあることを詠むわけだ。しかし、黒人の歌は旅そのものを詠んでいる。森評の引く四首はその代表的なものだ。旅をしているなかで感じたことを詠んでいっている。都や妻への想いが中心ではないわけだ。このような旅の歌は以降の和歌史でも特異で、近代のわれわれにも通じるところまで、黒人は到達してしまったように思える。（古橋）

志貴皇子《しきのみこ》

芦辺《あしべ》行く　鴨の羽《は》がひ《(い)》に　霜降りて
寒き夕へは　大和《やまと》し思ほ《(お)》ゆ　（巻一・六四）

芦辺行　鴨之羽我比尓　霜零而　寒暮夕　倭之所念

〔葦辺を泳いでいく鴨の羽に霜が降り、寒い夕暮れ時には、大和が思われるよ。〕

「羽がひ」は羽を畳んだ状態である。「芦辺行く」を、中西進の注釈にしたがって、泳ぐと訳したが、私は飛んでいくという意ではないかと思っている。鴨の形容句になっているのではないか。夕べにねぐらに向かって飛んでいくのだと思う。そういう鴨を目にして、これから冷えていって眠っている羽に霜が降りると想像しているのだと思う。

旅の歌である。旅の歌にはよく鳥が詠まれる。鳥が空を飛び、異郷から訪れると考えられていたからである。異郷と家郷を繋ぐ役割を幻想していたのである。そういう鳥だから、妻を思い出させる。その鳥の羽に霜が降りているとうたう。現実にはありえないが、ひどく寒い情景としてとてもうまい表現だと思う。（古橋）

この歌は慶雲三年（七〇六）の晩秋初冬の頃、文武天皇が難波に行幸したのに従って当地で詠んだ歌である。難波には離宮があった。現在の大阪城の南のあたりという。志貴皇子は天智天皇の皇子である。この時の歌が万葉集にはもう一首ある。天武天皇の皇子の長皇子《ながのみこ》の歌と記されている。

あられ打つあられ松原住吉《すみのえ》の弟日娘《おとひおとめ》と見れど飽《あ》かぬかも　（巻一・六五）

霰がうちつけるあられ松原を、住吉の弟日娘とともに見ていると、いくら見ていても見飽きないよ、という歌で、これは昼間の宴席での歌であろう。弟日娘はどういう人か分からないが、宴席に奉仕していた土地の乙女であろうか。あるいは遊女かも知れない。

長皇子は歓迎の宴を喜び、土地の名勝の松原をほめる。一方、志貴皇子は夜の郷愁と妻恋しさを詠む。対比的であるが、万葉集の旅の歌はだいたいこの二方向に分かれる。土地ぼめと望郷で、望郷は妻恋しさを詠むことで代替されることもある。この二首においては、それが昼の歌と夜の歌に分かれてもいる。

長皇子の歌は即興的に詠まれた、無造作な明るい歌である。それもそれで良いが、志貴皇子の歌は、寒々とした景と寂しい郷愁の心がみごとに共鳴しあっていて秀作だ。「鴨の羽がひに霜降りて」という細かい表現が良い。志貴皇子はこうした微細な景を表現に生かすのがうまい歌人だったようだ。先の「垂水《たるみ》の上のさ蕨の萌《も》え出《い》づる春」（巻八・一四一八、四四ページ）や、後に見る「采女の袖吹き返す明日香風」（巻一・五一、一三六ページ）なども、それをものがたっている。（森）

柿本人麻呂《かきのもとのひとまろ》

小竹《ささ》の葉は　み山《やま》もさやに　乱《さや》げども
われは妹《いも》思ふ(う)　別れ来《き》ぬれば　（巻二・一三三）

小竹之葉者　三山毛清尓　乱友　吾者妹思　別来礼婆

〔小竹の葉は山いっぱいにざわざわと風に騒いでいるが、私はひたすら妻を思っている。別れてやって来たので……。〕

柿本人麻呂が石見国《いわみ》（現在の島根県西部）から、妻と別れて上京する時の歌と題詞にある。その題詞のもとに二首の長歌があって、ともに石見の海辺の里に妻を残して山越えして遠ざかる時の悲しみを詠んでいる。この一首は第一の長歌に付けられた反歌二首のうちの一首である。

石見のや高角山《たかつのやま》の木《こ》の際《ま》よりわが振る袖を妹見つらむか　（巻二・一三二）

という歌が先立つもう一首の反歌である。歌の並びに時間の順序があるとすれば、妻の家の辺りが見える最後の地点、高角山の峠道で、別れの袖振りを終えた後、風に吹かれて笹の葉の騒ぐなかを急ぐ時の歌になろう。もう振り返っても妻の里は見えない。別れの悲しみがいよいよ胸にこみあげる。笹の葉の騒ぎは全山に鳴り渡るようで恐ろしいほどだが、心は一途に妻のことを思っている。その心のなかのものは、笹鳴りの恐ろしさなどしのぐほどに強いものであるかのようだ。

地方に赴いてそこで土地の女性と恋に落ちるというのは、天皇の国まぎ（地方平定）の説話から始まり光源氏の明石上との結婚などに至るまで、古代文学には多い話柄である。これも宮廷歌人柿本人麻呂の創作歌かも知れない。別れに焦点を合わせたところに特色がある。（森）

「小竹の葉はみ山もさやに乱げども」という状態について考えておく。まず「小竹」は『竹取物語』の竹がかぐや姫を生み、黄金が出てきたように、中が空洞であることによって、異界との通路と考えられてきた。七夕に、竹に願い事を書いた短冊をつけると願いがかなうという例もある。そして、笹の葉はサラサラと清浄な音を立てるが、そのサは早乙女、五月、さ霧という言葉があるように、霊威の籠もった状態を意味する語だった。五月は霊威の籠もった稲の苗を田に植える月であり、早乙女はその神聖な苗を植える女、つまり神女をさす。その小竹が生えている「み山」も、ミという丁寧語が被せられているから神聖な山とみればいい。したがって、「小竹」が騒ぐとは霊威が発動している状態である。

では、どのように発動しているかといえば、この歌の場合、山の状態と、詠み手の恋人と別れてきた状態とが対応している構造になっているから、詠み手の妻と離れて旅に出る不安と、山の騒いでいる不安とが呼応しているといえる。しかし、詠み手は妻との別れに心がより引き寄せられているということを、「ども」の逆説によって示しているということになるだろう。（古橋）

柿本人麻呂

淡路《あわじ》の　野島の崎の　浜風《はまかぜ》に
妹《いも》が結びし　紐《ひも》吹き返す　（巻三・二五一）

粟路之　野嶋之前乃　浜風尓　妹之結　紐吹返

〔淡路の野島の崎の浜の風の吹くままに、家を出る時に妻が結んでくれた衣の紐をひるがえさせている。〕

旅に出る時家に残る妻は、夫が無事に戻ってくれるように、衣の紐を結んでやる習わしがあった。これは本来は恋の習俗で、男女は逢って別れる折に互いの衣の紐を結び合って再会を期した。紐は結んだ人が解く習わしだったから、結んでやればそれを解くことになる再会のチャンスが確保されると考えたのだろう。恋人同士の場合には二人の関係を知られぬようにという心から、外から見えぬ下着の紐（下紐）を結び合う、というふうな詠み方になることもあった。結んでもらった紐は再会の時まで自分では解かず、他の女に解かせることも忌み、自然に解けることも不吉なこととして恐れた。この歌は、瀬戸内海を船で西へ旅する折、野島の崎に船を停め、海風が、妻に結んでもらった紐を激しく吹き返すままにさせていることを詠む。これは危険なことをしていることになる。実はその投げ遣りな姿勢の表現に、旅の苦しさや寂しさに身を任せようとする旅愁がこもっているのだ。

野島の崎は淡路島の北端。明石海峡に面した瀬戸内海航路の停泊地であった。明石海峡は畿内と鄙《ひな》の境界だから、ここを過ぎることに、旅人たちは特別の気持ちを持ったのだろう。(森)

この恋人か妻かが結んだ紐を、野島の崎の浜から吹く風が翻すという表現は、旅の不安感だけでなく、岬は航海の安全を祈願する神がいるところだから、そちらから神が霊威を示して吹いてくる風というように読むべきだと思う。神に守られているわけだ。それにしても、結び合うのは下紐、下着の紐だから、風に当たるはずがない。ということは、下紐が翻るほど激しい風という比喩的な言い方とみざるをえない。心理的にそう感じるということか。

しかし、そういうことより、この歌は美的な感じがする。紐は下紐ではなく、肩巾《ひれ》のようなものではないか。妻が無事の帰還を願って、自分のつけている肩巾《ひれ》のようなものを結びつけ、それが風にひるがえっているというのではないかと思う。というのは、「采女《うねめ》の袖吹き返す明日香風都を遠みいたづらに吹く」(巻一・五一)というような歌があるからである。都が遷り、采女の袖を明日香風が翻す美しい光景を見る人もいないという歌である。ただし、この歌の場合も、采女が明日香の神の霊威を袖に受け止めているわけで、歌はそれを美的に表現するのである。

なお、この人麻呂の歌は、航海に出て赴任先に向かうものと、帰りのものとからなる。人麻呂は、航海の歌のモデルを作ったのである。(古橋)

長屋王《ながやのおうきみ》

佐保《さほ》過ぎて　寧楽《なら》の手向《たむけ》に　置く幣《ぬさ》は
妹を目離《めか》れず　相見《あいみ》しめとそ　（巻三・三〇〇）

佐保過而　寧楽乃手祭尓　置幣者　妹乎目不離　相見染跡衣

〔佐保を行き過ぎ、奈良山の峠の手向の場所に置く幣帛《へいはく》は、いとしい人と逢えなくなるようなことがなく、また逢わせて欲しいと祈って置くものだ。〕

平城京から北へ奈良山を越えて、山城《やましろ》か近江《おうみ》の方へ旅に出る時の歌であろう。佐保は奈良山にさしかかる手前の山麓地帯である。奈良山を越える峠道に、峠の神を祭った場所があったのであろう。峠という語は手向《たむけ》（幣帛や供物《くもつ》を手で神にさし出すこと、またはその物やそれをする場所）からできたと言われる。峠はたいがい村や国の境界で、そこには道祖神《どうそじん》が祭られ、怪しい者の進入を拒んだ。それゆえ旅人は丁重に幣帛や供物《くもつ》を供えて、神をなだめて通行させてもらう必要があった。つまりは、その神に旅の安全を祈願したのである。

この歌は道祖神に対するそうした祈りを少し発展させて、無事に旅を終えて帰郷し、恋しい人に再会することができるように、または離れて異郷に行っても、恋しい人との霊的な繋がりの切れぬしるしとして、恋しい人が絶えず夢枕に現れるように、と願ったのである。奈良山は大和と山城の境界という意味も帯びたから、ここを通過することは、大和の住人にとっては故郷を出ることを意味したので、特別に重視されたのだろう。

「幣《ぬさ》」は幣帛。神に祈る時のささげ物で、麻の繊維など、また後世には布や紙で作った。「目離《か》れず」は、目が離れずに。逢うことが絶えずに。（森）

旅は、この歌にあるように、峠など、境界的な場所を過ぎる時、幣を奉るものだった。前の歌の野島の崎もそういう場所であった。佐保は、奈良から離れる最初の境界である。だから、故郷である奈良への想いを歌に詠み込んだ。しかしこんなにはっきりと、妻にふたたび逢えるようにと幣を手向けるという歌はめずらしい。神も思わず微笑んでしまいそうな気がする。

ただし、旅の安全祈願には特別な呪詞があるはずである。幣を手向ける時の祝詞みたいなものだろう。そしてその後、歌を詠むのではないか。だから、歌は祈願そのものではない。このように私的な想いも詠むことが可能だった。それにしても、ぬけぬけとといいたくなる歌である。（古橋）

児《こ》島《じま》

家思ふ(う)と　こころ進むな
風守り　好くしていませ　荒《あら》しその路《みち》　（巻三・三八一）

思家登　情進莫　風候　好為而伊麻世　荒其路

〔家が恋しいと心をはやらせてはいけません。風が止むのを待って、よい状態になってからいらっしゃい。危険ですよ、その道は。〕

筑紫の娘子が旅人に贈った歌とされる。その筑紫の娘子とは、「娘子《をとめ》、字《あざな》を児島《こじま》といへり」と注がある。児島などという名はふつう娘につけるものではない。たぶん、遊女だろう。遊女といっても、江戸時代の遊郭に縛られている女ではない。だいたい旅人自体ほとんど都の人だったから、都風の教養を身に着け、歌舞などの芸をこなし、都人を慰める役割をしていたと思われる。ユウジョではなく、アソビメと読む。

このように歌が詠めるのも、都風を身に着けていたからである。五七五七七の歌は都の歌だった。和歌が全国に広がるのは、中世も後期以降だろう。五七の音数律についても、日本語に最も合ったものだからではなく、長い時間をかけて日本の文化に染みついていったからである。

この歌は送別の際の歌である。筑紫は九州で、船で海を渡らなければ帰れないから、風の具合をよくみて旅に出たほうがいいというのである。原文「風候」とあるから、たぶん、送別の宴をしているとき、風が強かったのではないか。「風守り」と読んでいるのは、守るが「目もる」で観察する、ようすを見ることだからである。（古橋）

作者児島は古橋評に言うとおり遊女であったらしい。ただし贈った相手は、題詞には単に「行《たび》旅《びと》に贈れる歌」とあって、大伴旅人だったとは厳密には言えないかも知れない。遊女は宴席で余興の歌や挨拶の歌を詠んだようだが、次に引く同じ児島が、職を終えて上京する大伴旅人に贈った餞別の歌とは少し詠み方が違っていて、それほど高い身分でない人だったように思える。

倭道《やまとじ》は雲隠《くもがく》りたり然れどもわが振る袖を無礼《なめ》しと思《も》ふ《（う）》な　（巻六・九六六）

これはそのうちの一首である。遠い大和への道は雲に隠れている。でも遙かに遠くから、ずっと袖を振り続ける私を無礼と思わないでくれ、と言っている。袖を振るのは通常夫婦など愛情関係を持つ男女の間でなされることである。「無礼しと思ふな」に高官の旅人への敬意が表されている。それでもあえて袖振りのことを詠んだのには深い心がこもっていて、けっして浮いた心のものではない。男女の深い情愛の心を歌にして袖振りを詠むのが、旅立つ人を送る作法だったのだろう。

「風守り」の歌の方は、改まったところがなく、自然な情愛を感じさせる歌である。（森）

大伴《おおともの》旅人《たびと》

沫雪《あわゆき》の　ほどろほどろに　降り敷けば
平城《なら》の京《みやこ》し　思ほ（お）ゆるかも　（巻八・一六三九）

沫雪　保杼呂保杼呂尓　零敷者　平城京師　所念可聞

〔淡雪がまだらに降り積もると、平城京が思われることよ。〕

「大宰帥《だざいのそち》大伴卿の冬の日に雪を見て京を憶《おも》へ（え）る歌」という題詞がある。旅人が大宰府の長官として赴任している時のうたである。筑紫はあまり雪は降らない。それで、まだらといっているのだろう。平城京のまだらの雪を思い出しているのではないと思う。

この歌の表現の中心は「ほどろほどろ」という部分にあると思う。旅人はこういう言い方が多い。好みといっていいだろう。酒を讃める歌もそうだが、歌が口をついて出てくるように詠んでいる。

ただ、こういう表現法は口語的なもので、旅人は口語を意識していたように思える。歌は口誦を装ったものだった。文語体である漢詩文に対して、歌は口語体であると考えるとわかりやすくなる。口に出してうたうものであるかのように作るわけだ。枕詞にしろ、口頭で伝承されてきた、歌の様式である。五七五七七の音数律もそうだ。人麻呂が古代和歌のスタイルを確立し、以降の歌は人麻呂に倣って作られた。

旅人だけではないが、京から赴任した官人たちはなにかにつけて京を思う歌を作っている。都は文化の中心であり、自分たちの帰属する社会そのものだったからである。（古橋）

「沫雪」は水泡のようにふわふわした雪。なぜ雪の降る日に京を思い出しているのだろう。奈良も雪景色に特徴のある土地ではないから、京の雪景色を連想したというわけでもなさそうだ。漢詩には花や月の好季に遠く離れた友を思い起こす例が多い。花や月の季節にはそれを楽しむ交友との宴が行われる習わしだったが、遠く離れた友とは交歓の機会を得られないから、思い起こすのである。雪もまた季節の風趣の一つで、中国の詩人たちは「雪月花」と並べて呼んだ。旅人よりも後の時代の人だが、白楽天には「雪月花の時、最も君を憶《おも》ふ《(う)》」（『殷協律に寄す』）という詩句がある。旅人は中国詩人たちの表現に追随しようとしたのではないか。したがってここで懐かしまれているのは、京そのものより京の交友関係なのではないだろうか。

だからといって、この歌が漢文学のまねごとでつまらぬ歌だというわけではない。詠み手に雪の降るのを見ながら京を懐かしむ心象がなければ、歌にはならないだろう。雪に閉ざされて外出できないからこそ、逆に遠く離れた場所への夢想が広がるのだ。その辺の境地が表現のあわいにうかがわれる。独自の境地を持つ秀歌である。（森）

君が行く　海辺の宿に　霧立《きりた》たば
吾《あ》が立ち嘆く　息《いき》と知りませ　（巻十五・三五八〇）

君之由久　海辺乃夜杼尓　奇里多ゝ婆　安我多知奈気久　伊伎等之理麻勢

〔あなたが旅行く海辺の宿に霧が立ったら、それは私が別離を嘆いている霧だと知ってください。〕

巻十五の前半一四〇首ほどは、天平八年（七三六）に新羅に遣わされた使者たちが、難波を出航する時及び航路の途中で詠んだ旅の歌の集になっている。これはその初めの方に見える見送る人の歌で、おそらくは使者の妻の歌と思われるが、名は記されていない。吐く息が霧になる例は古事記の神話にも見え、万葉集にも山上憶良に次の歌がある。

大野山《おおのやま》霧立ち渡るわが嘆く息嘯《おきそ》の風に霧立ちわたる　（巻五・七九九）

これは大宰府の長官大伴旅人が任地で妻を亡くした時、旅人の心になって詠んだ歌で、大宰府の裏手の大野山にかかる霧を、自分の嘆きの風で霧が立ったと詠んだものである。霧になって視界を覆うくらいなのだから、嘆きが深いことを表している。

また遠く離れてもその地に見る天象をなかだちとして、自分のことを思い出して欲しいと訴える歌も万葉集には何首か見える。

万葉集では雲や月が遠く離れた人を思う時のよすがになっている。この歌の霧もその一類であ

るが、霧の場合には、嘆きの息によって立ったとされるだけに、相手に訴える側の心がこもって、切実なものになる。（森）

巻十五の前半は遣新羅使の旅の歌である。まとまって残されているのをそのまま載せたということだろうか。後半は中臣宅守と狭野茅上娘子の恋の贈答で、これもまとまって残されているものである。万葉集は、このように一挙に編纂されたものではない。

旅に出る夫に、妻が変わらず思い続けることを告げる歌である。出発前にはこういう歌を贈ったようだ。

この歌は遣新羅使の歌の三首目の歌だが、最初は「武庫の浦の入江の渚鳥羽ぐくもる君を離れて恋に死ぬべし」、次は「大船に妹乗るものにあらませば羽ぐくみ持ちて行かましものを」で、出港する時の男の歌である。つづいての歌が掲げたもので、送る女の歌になる。こういうように、歌のやり取りをして、旅立ったわけだ。そういうことのわかる貴重な例である。

恋する人を想って逢えないのを嘆く息が霧になって男のところにあらわれるという発想はすばらしい。霧は視界を無くし、不安にさせるものだ。その神秘性と不安を、家郷にある者の想う息として感じられれば、不安はなくなり、逆に想いに包まれている気になるだろう。（古橋）

遣新羅使人《けんしらぎしじん》

家人は　帰り早来《はやこ》と　いはひ島《わい》
斎《いわ》ひ《い》待つらむ《ん》　旅行く我を

（巻十五・三六三六）

伊敝奴等波　可敝里波也許等　伊波比之麻　伊波比麻都良牟　多妣由久和礼乎

〔家の人たちは早く無事に帰って来いと、〈いはひ島〉祈っているだろう。旅を行く私を。〕

原文は一字一音の音仮名だから、「伊波比之麻」はどういう漢字をあてていいかわからない。しかし、たぶん「いはふ」は祝う、斎うだろう。もしそうなら、航海の安全を祈る島の意である。実際、福岡県の沖の島はそういう島で、つい最近まで、普通の人の上陸は許されなかった。神の島だったのである。

旅人はその祝島で祈り、そして家人も自分の無事を祈っていてくれるだろうと思ったのである。旅の安全祈願は、このように家人と旅人が離れていても同時に祈るものだったと思える。祈る時間が朝夕などとだいたい決まっているから可能だった。

家族の健康管理は主婦の役割である。だから、旅の安全祈願も主婦がした。都人の歌では普通「妹」が詠まれるが、これは妻を恋しているという気持ちで詠んでいる。実際は妻が主婦とは限らない。母がまだ主婦権を委譲していない場合もあるはずなのに、ほとんどが妻を詠むのは、恋愛的な雰囲気を漂わせる文学だからである。もちろん、妻も祈っただろうから、一概におかしいとは思わないが、母を詠む歌があってもおかしくないのにである。防人歌には母を詠む歌がけっこうある。この歌が「家人」といっているのは実情に近い。（古橋）

これは天平八年（七三六）に新羅に派遣された遣新羅使一行の旅中の歌で、往路、周防国《すわ》の麻里布《まりふ》の浦（現山口県岩国市辺り）を行く時の歌群の中にある。船が通り過ぎる途中にたまたま「いはひ島」という島があったので、その名前に興味を持って詠んだのだろう。

斎いは身を清め謹慎することで、祭の前の準備段階も意味するが、またそれ自体、招福のための宗教行為ともなった。家人がそうした行為をしていれば、旅人は無事に帰ると信じられた。それゆえ家人は斎いをして待っていることを表現する歌を、旅人はそうしている家人を思い起こす歌を、詠まなければならなかった。互いにその歌を相手に贈ることができなくても、詠むことが大事だったのだろう。詠めばそれを相手に伝えたくなるだろうから、その思いを空行く鳥に託したり、空に現れる雲を自分だと思って見てくれ、と言ったりもしたのである。

こういう歌を見ていると、けっこう旅人の方も家で自分を待つ家人たちを気にかけていたことが分かる。不安なのは旅に出て来た方ばかりではない。旅立たせた方にも不安がある。それゆえ旅人は家人の不安を鎮めてやる必要があったのだ。（森）

羽《は》栗《くり》

波の上に　浮寝《うきね》せし夜《よい》
何《あ》ど思《も》へ《(え)》か　心悲《こころがな》しく　夢《いめ》に見えつる　（巻十五・三六三九）

奈美能宇倍尓　宇伎祢世之欲比　安杼毛倍香　許己呂我奈之久　伊米尓美要都流
〔波の上で浮寝をした夜、どう思ったからか、切なくも妻が夢に現れた。〕

「浮寝《うきね》」は船の中で寝ること。「何《あ》ど思《も》へか」は「何と思へばか」の略。どう思ったからか。「夢」は奈良時代には「いめ」と言った。夢は本来、神や霊を見る目のことだから「忌み目」からきたとされる。

これも前の歌と同じく遣新羅使の歌群の中の歌。作者は「羽栗」と姓だけが記されていて名が分からない。遣新羅使の一行の中の一人であろう。周防国《すわのくに》（現山口県東部）の大島（現柳井市の東の島）の海峡を過ぎたあたりで詠んだ歌で、波の上に漂いながら寝た不安な気持ちの中で、痛切に家の妻が恋しくなったのだろう。それが妻に通じたのか、夢に妻の姿が見えて切なくなったというのである。

神や霊を見る古代の夢は、神や霊の方から見えてくるものである。それゆえ男女の間でも、夢は思われて見るものだから、妻がこちらのことを不安気に思い出しているから夢に見えたのだと

考えたわけである。陸に上らず船中で寝る夜は、不安な気分になりやすかったのだろう。（森）

航海中の夜を「波の上に浮寝せし」という言い方をして、旅の不安感を表現している。考えればごくふつうに出てきそうな表現だが、「浮き寝」は旅の不安を普遍化しているうまい言い方と思う。

この遣新羅使の歌は、途中五首ほど別の歌が入るが、対馬までの行程における歌が百首以上並べられており、さらに九州に帰ってきた時の歌まである。基本的には、人麻呂の羇《き》旅八首（巻三・二四九〜二五六）のスタイル、つまり難波を出港して明石海峡を出るまでと、明石に帰ってきたときまでの歌を踏襲しており、範囲を日本を離れるまでに拡大したとみていい。人麻呂の場合は、いわゆる畿内が境界になっているから、畿内を出ることがたいへんなことだったとわかるが、この遣新羅使の歌には明石の歌はない。対馬が境界になっているわけだ。大きな日本という国を自覚したものになっているといっていいだろう。

この一連には、その人麻呂の歌も、あるいは少し語句、たとえば地名が変わったものも含め、五首並べられて入っており、先に述べたように、人麻呂の羇《き》旅八首が旅の歌のモデルになっていたことが確かめられる。（古橋）

中臣宅守《なかとみのやかもり》

恐《かしこ》みと　告《の》らずありしを
み越路《こしじ》の　手向《たむけ》に立ちて　妹《いも》が名告《の》りつ
（巻十五・三七三〇）

加思故美等　能良受安里思乎　美故之治能　多武気尓多知弖　伊毛我名能里都

〔畏れ多くて、名を告げないできたのに、み越路の神への手向けに立って、あの人の名を告げてしまった。〕

「恐みと」は「妹が名告りつ」にかかる。「告らずありしを」は次に「み越路に立ちて」とあるから、手向けをする神々に対してである。旅の難所ごとに手向けをして、無事にそこを通過できるように祈った。難所といったが、境界ごとにといったほうがいいかもしれない。難所とは普通人が近づかないような場所で、神々がいるゆえ、人を近づけないようにしていると考えたのである。そういう場所が境界になる。

たぶん、み越路の神は霊威が強く、告げざるをえなかったというのである。この種の歌は、「足柄《あしがら》の御坂《みさかかしこ》畏み曇り夜の吾《あ》が下延《したば》へを言出《こちで》つるかも」（巻十四・三三七一）などがある。

それにしても、なぜ妻、恋人の名を告げることが旅の安全と繋がるのだろうか。よくはわからないのだが、旅の歌には妻を詠むものが多く、妻を思うことが気持ちを高揚させることになるのだと思う。しかし、神に祈るとき、恋人のことを思っていては、誠心誠意とはいえない。心に秘めている想いも吐き出し、心のすべてを神に差し出して、神に祈るのではないか。（古橋）

恋人の名を口に出して言うことは通常の恋においても慎まれた。なぜなら恋は原則として秘め事だったからである。露顕すればうわさが立ち、恋路の妨げを呼びかねない。私の名を口に出すな、と恋人に頼んでいる歌もある。許されない恋の場合はことにそうだったろう。「恐こみと告らずありしを」はそれを表現している。この歌は中臣宅守と狭野茅上娘子の悲恋の贈答歌の中の一首である。二人の恋は禁断の恋であったらしく、それがもとで宅守は越前国（現在の福井県）に流される。これはその途中での歌ということになっている。ことさらにそれを意識してこう詠まれているのかも知れない。

秘めた恋人の名をなぜ峠の神の前で口に出すのかは古橋評に言うとおりであるが、この歌の場合「手向に立ちて」と言っているから、国境に当たる峠道で、いよいよ古里の恋人とも遠ざかるのだという思いに堪えかねて、つい振り返って名を呼んでしまった、ということなのではないか。それを、異国に入る緊張の時にその入口を固める恐ろしい峠の神が言わせているのだと理解したか、境の神が旅人の隠し持つ財物の提供を強要するのに重ねて理解したかであろう。琵琶湖の北から越前にぬける愛発《あらち》の関辺りでの歌と解される。（森）

大伴旅人の傔従《けんじゅう》

家にても　たゆたふ《(う)》命
波の上に　思ひ《(い)》し居《お》れば　奥処《おくか》知らずも　（巻十七・三八九六）

家尓底母　多由多敷命　浪乃宇倍尓　思之乎礼波　於久香之良受母

〔家にいても漂う命だよ。波の上で物思いをしていると、どこまでも漂う気がするよ。〕

この歌は、天平二年（七三〇）十一月に、大伴旅人が大納言に任じられて大宰府から上京した際、従者たちは別途に海路で上京しており、そのときの従者等の歌十首のうちの一首である。旅の不安を詠む歌は多い。万葉集の大きな主題の一つといっていい。中央政府の成立によって都人が地方に出る機会が多くなり、家を離れる体験が共通のものとなったことによると考えていいだろう。

旅の歌が不安を詠むのは、家郷から離れることが魂を不安定にさせるからである。家郷は自分の拠り所だったのである。したがって、「家にてもたゆたふ命」と、家族とともにあることも不安と詠むような歌はなかった。ということは、この「たゆたふ命」は不安というより、いつ死ぬかわからないという、この世における生命の不確かさの理を意味しているだけかもしれない。しかし、五句の「奥処知らずも」と呼応すると、家にいても行方、行く末がわからないという不安

感として読めてしまう。たぶん、こう表出してしまって、詠み手も驚いたのではないか。（古橋）

生命が、さらには人生というものが不安定なものである、という思いが詠まれている。後世なら無常とか有為転変とかいうものであろうが、この歌では多分に具体的な生々しい体感のようなもので、波の上にある身の不安定さと一つにそれを感じている。単純で、それだけに実感がこもる。思いがけぬ発見であったとする古橋評が当たっていよう。

第三句に別伝があって「浮きてしをれば」と記している。それによるとなお具体的だ。だいたい古代の旅人は旅を不安に思い、旅の反対語である「家」を逆に心安らう場所として来た。それゆえ旅人は家を思い、家人は旅人の安否を気遣う歌を詠んだ。そういう歌は枚挙にいとまがないほどある。この歌はその上にさらに波の上にある不安が重ねられている。

この歌の作者らが仕える主君大伴旅人やその友山上憶良らの知識層は、この時期（奈良時代初頭）、人生を相対視する思想を学んでいて、それを歌にも詠んだ。そういう人々の空気がこの歌の成立を後押ししているのかも知れない。特に大伴旅人は大宰府で妻を亡くし、老齢の身に人生のはかなさを感じていた。この歌の作者はつい先日まで、彼とともに九州にいた。これは主君とは別に、海路をとって帰京する時の歌である。（森）

大伴家持

天離《あまざか》る　鄙《ひな》とも著《しる》く
ここだくも　繁《しげ》き恋かも　和《な》ぐる日も無く　（巻十七・四〇一九）
安麻射可流　比奈等毛之流久　許己太久母　之気伎孤悲可毛　奈具流日毛奈久
〔ここが、遠く都を離れた田舎であることがしみじみ分かるほどに、こんなにも激しい恋ごころが湧くものか。なごむ日も無く。〕

「天離《あまざか》る」は「鄙《ひな》」の枕詞。もともと都を地上の天と見なして、そこから遠ざかった、の意。「鄙《ひな》」は地方。田舎。今でも「鄙びた温泉地」などと言う。「著《しる》く」ははっきりと。いちじるしく。「ここだくも」はたくさんにも。激しくも。「繁《しげ》き」は、草木がいくえにも激しく繁る状態を言う形容詞。恋ごころなどが激しくつのることをも言う。「和《な》ぐ」はなごむ。

天平二十年（七四八）正月二九日、越中の国守大伴家持が国守の館の眼下に広がる現在の富山湾の浜辺を歩きながら詠んだ四首の歌の一首である。他の三首からその場所で詠んだと分かる。赴任して二度目の正月である。

この歌は単なる古里恋しさを詠んでいるだけでなく、地方に住む赴任地方官の都恋しさを巧みに表現している。恋しさがしきりにしてやむことがないのを感じ、この地が都から遠く隔たっていたことを改めて実感したような趣が表現されている。都は華やかで美しい、一方鄙は寂しい、という詠み方が、地方官の歌の形式になっていた。父の大伴旅人《おおとものたびと》も大宰府にあって類同の歌を詠んでいた。この歌はその都恋しさをいちずに求心的に詠み上げており、切実味のある名歌である。（森）

たぶん、家持は都そのものを恋しがったのではない。家持は空間的にだけでなく、時間的にも恋した。都へ帰る途中に、吉野行幸のために歌を作ったり、宮廷の行事のために歌を準備している。それらは奏せられることなく終わっている。家持は、人麻呂の時代の、貴族たちが古代国家を確立しようと緊迫感をもって一体となっていたかつての宮廷に恋していたのだ。もちろんそんなものは幻想に決まっている。しかし、文学者家持は、人麻呂から宮廷を見ていたに違いない。

都を思うことを「恋」といっている。「ここだくも　繁き恋かも」というような言い方は恋愛の表現だ。都を思うことと恋人を思うことが等価になっている。家持は山吹に「恋」を感じたり（巻十九・四一八六）、「恋」という心を抱かせられる対象の範囲を広げている。この世の人に対する関心が薄くなっているといえるのだろうか。（古橋）

元正《げんしょう》太上天皇

あしひきの　山行きしかば
山人《やまびと》の　我に得しめし　山づとそこれ
（巻二十・四二九三）

安之比奇能　山行之可婆　山人乃　和礼尓依志米之　夜麻都刀曽許礼

〔〈あしひきの〉山を行ったところ、山人が私にくれた山の土産であるぞ、これは。〕

山村に行幸したとき、元正太上天皇が臣下に、応える歌を作れといって、この歌を口ずさんだという題詞がある。この君が作りそれに臣下が応えるというのは、漢詩の君唱臣和のスタイルで、君と臣下が心を一つにすることの証しとしての詩という国を治める思想に基づいている。舎人親王の応えの歌も載せられているが、左注があり、天平勝宝五年（七五三）五月、藤原仲麻呂の家に行った時、山田土麻呂に、昔こういう歌があったと聞いたとある。大伴家持が記している。

この歌は神楽歌の採り物（神楽の始めに、巫女が神を降ろすために手に持つ呪具）の、「逢坂を今朝超えくれば山人の我にくれたる山杖ぞこれ」と同種のものである。こういう歌が伝えられており、元正が作ったのではなく、その伝承されている歌の一部を変えて歌ったのだと思う。題詞に「口号む」とある例は巻十六の物語的なもの以外にはないからでもある。

この歌が巻二十の最初にあるのは、巻の最後の「新しき年の初めの初春の今日降る雪のいや重け吉事《よごと》」（巻二十・四五一六）と呼応して、この巻を天皇の治世を祝うものにしているように思う。（古橋）

山村で土地の人たちからもらった物があるのだろう。古橋評に引く類歌の神楽歌を参考にすると、それは杖にする木の枝であったと思われる。山の神の霊気がこもっているのだろう。それを衝いて歩む姿はそのまま山の神であり、山に住む仙人でもある。山から里に下る太上天皇がそんな気配を匂わせながらこう詠んで、行幸に従う臣下の者たちに返しの歌を求めた。

太上天皇からは叔父に当たる舎人皇子が、即座にこう答えたと万葉集は記す。

あしひきの山に行きけむ山人の心も知らず山人や誰《たれ》　（巻二十・四二九四）

山人が山に行ったという気持ちが分かりません。土産をくれたという山人とは誰でしょうか、という歌である。退位後の天皇の住まいを仙洞（仙人の住まい）と言ったりするから、太上天皇はすでに立派に人間の域を超えた仙人であるはずなのに、とからかいながら太上天皇を讃えたのであろう。太上天皇の歌にすでに神仙を示唆するものがあり、舎人皇子《とねりのみこ》はその心を迎えて、しかも太上天皇を讃える歌にしたのだ。神仙思想がようやく浸透し始めた時代である。（森）

# 4

# 恋

あかねさす　紫野《むらさきの》行き　標野《しめの》行き
野守《のもり》は見ずや　君が袖《そで》振る　（巻一・二〇）
額田王《ぬかたのおおきみ》

茜草指　武良前野逝　標野行　野守者不見哉　君之袖布流

〔〈あかねさす〉紫草の茂る野、その御料地の野を行きながら、あなたが袖をお振りになる……。野の番人が見とがめないでしょうか。〕

題詞に「（天智）天皇の、蒲生野《かまふの》に遊猟《みかり》したまひし時に、額田王の作れる歌」とある。天智天皇の近江大津宮時代の歌。蒲生野は現在の蒲生町・八日市市辺りにあった宮廷の御料地の野。そこへ猟に出かけた時の歌である。この歌には「皇太子の答へ《え》ませる御歌」が続いていて、時の皇太子の大海人皇子《おおあまのみこ》（後の天武天皇）がこの歌に答えている。

紫草《むらさき》のにほへ《え》る妹《いも》を憎くあらば人妻ゆゑ《え》にわれ恋ひ《い》めやも　（巻一・二一）

その歌の後には注があって、日本書紀天智天皇七年五月五日の蒲生野の猟の記事を引いている。そこには皇太子大海人皇子ほか諸王・諸臣が従ったとある。これによれば時は天智七年（六六八）の端午の節句であった。端午の節句には薬猟をするのが中国伝来の習慣であった。男は鹿の若角を取り、女は薬草を採るという。そうした薬猟の後の宴席での座興の歌であったろう。女の額田王が先に、人妻であることをにおわす「標野」「野守」という言葉を出して、相手の関心をなかば制しつつなかば誘い、皇子の手腕を試した。皇子も即座に、あでやかなあなたに浅い思いしか持たぬなら、人妻ゆえにこんなに恋いこがれようか、と巧みに、許されぬ苦しい恋心を詠む歌を返したのである。（森）

私は、この歌は猟の後の宴会で、天武天皇と額田王がふざけ合って詠んだものではないかと思っている。一つには、恋歌である「相聞」ではなく、公的な歌である「雑歌」に分類されていること、もう一つには、禁忌である人妻との恋が知れてしまうような場で、男が女に合図するかという点の二つが理由である。

『枕草子』などで知られるように、宮廷生活は男女の恋愛に見立てた挨拶や冗談が頻繁になされた。宮廷は恋愛文化を華やかにさせたのである。平安期に、男たちは女たちに、すぐ恋を仕掛け、時節や想いに合った紙に歌を書き、その手紙を花の枝などに結んで届けるというように、恋愛文化は異常ともいえるくらい盛んだった。それは、宮廷は恋愛文化が中心だったからとしか考えられない。日本だけでなく、どこの宮廷も同じだ。

宮廷文学がほとんど恋愛文学であることと関連している。日本の場合、その文化はひらがな体の文学を開花させる重要な要因にもなった。（古橋）

磐姫皇后《いわのひめのおおきさき》

秋の田の　穂の上《え》に霧《き》らふ（う）　朝霞《あさがすみ》
何処辺《いつへ》の方《かた》に　わが恋《こい》止《や》まむ（ん）　（巻二・八八）

秋田之　穂上尓霧相　朝霞　何時辺乃方二　我恋将息

〔秋の田の稲穂の上にかかる朝霞のように、わが恋心の晴れやる方はいずことてない。〕

仁徳天皇の皇后磐姫の歌とされるが、そんな古い時代に短歌形式の歌が存在したとは考えられないから、新しい時代に入ってできた伝説の歌であろう。磐姫皇后は古事記や日本書紀の伝えでは出身の葛城氏の権勢を背景に、他の皇妃たちを激しく嫉妬して排斥する皇后として描かれている。万葉集の時代になって儒教的な帝王観が定着するに従い、磐姫皇后も天皇を深く慕う理想的な皇后として伝承されるようになったのだろう。そうした段階に生まれた歌であると思われる。

窪地の田を埋める秋の朝霧はどんよりと稲穂の上に垂れ込めて、どこへ流れて消えるとも思われないほどに重い。その霧に、晴れやらぬ詠み手の恋情を託したのである。この歌は四首一組になったもののうちの四首めであり、第一首めには、「君が行き日《け》長くなりぬ山たづね迎へ（え）か行かむ（ん）待ちにか待たむ（ん）」（巻二・八五）とあるから、それと関係させれば、天皇がどこかへ行幸し、何日も留守を守っている時の歌として伝えられたと読める。「何処辺の方に」という言葉がやや分

りにくいが、どちらの方角に向けて、の意か。霧の流れ去る方向に、恋情の晴れやるきっかけの意を重ねたのである。（森）

この歌は相聞の最初に置かれている一連の一首である。森評にあるように、磐姫は古事記、日本書紀ともに嫉妬する后として書かれている。そういう伝承に対し、この歌は待つ女としての像を与えている。この落差が万葉集と古事記、日本書紀との違いというか、歌と散文の違いだと思う。森評の、「帝王観の定着するに従い」「天皇を慕う理想的な皇后」という読みも感心するが、私は伝承とは異なる想いを抱いており、その想いの表出としての歌という別の伝承があり、そちらを相聞の最初にしたのではないかと考えている。詠んだ場所も、嫉妬して隠れたとされる山城で、密かに天皇の迎えを待ち望んでいたという伝承を考えるのである。というのは、磐姫の嫉妬は理由のないことではない。磐姫が紀伊に祭祀の呪具を採りに行っていた留守に、仁徳は女を入れたのである。祭祀は国家にとって重要な行事である。その妨害とはいわないまでも、準備に奔走している后をないがしろにして他の女を入れるとはと、磐姫は怒った。しかし、やはり密かに天皇を思っていたという伝承があった。相聞は、そういう密かな想いを表現するものとして位置づけられたのではないか、と考えているわけだ。

怒りを、いわば行事に対する公的なものとすれば、この想いは私的なものになる。相聞は私的な想いを詠む歌を集めているのである。（古橋）

但馬皇女《たじまのひめみこ》

秋の田の　穂向きの寄れる　片寄りに
君に寄りなな　言痛《こちた》くありとも　（巻二・一一四）

秋田之　穂向乃所縁　異所縁　君尓因奈名　事痛有登母

〔〈秋の田の穂の向きが片寄る〉、あなたに寄り添いたいな、噂がひどく立とうとも。〕

「穂向きの寄れる」を、風に靡《なび》いてととる解釈もあるが、稲穂がたわわに実って片側に傾いているととったほうがいい。沖縄の歌謡には「あぶし枕」という言い方がある。稲が豊かに実をつけて、傾き畦を枕にしているさまをいう。なぜそう考えるかというと、恋の成就と秋の実りが重ねられて考えられることが多かったからである。

第三句までが序詞で、「片寄り」を喚び起こしている。自然現象と人事が呼応している。

恋は人目、人言を避けるものだった。逢いに行く姿を人に見られてはいけないし、人の噂になってもいけないのだ。それは、恋が基本的に夜の行為だったことと関係する。恋という非日常的な心の状態を特殊と感じ、人の時間帯である昼間にすべきものではないと考えた。子の生産という神秘的な結果をもたらすことを思い浮かべればいい。要するに、恋は神々の行為なのだ。とすれば、人間である姿を人に見られてはまずいではないか。通い婚という形態も、そういう観念と関係する。労働力としての人を確保するためという考えは単純に過ぎる。家族に男と女がいれば、どちらかを出して、その代わりを聟《むこ》あるいは嫁として取れば同じになる。結婚はたいていの場合同居のほうがいい。（古橋）

作者の但馬皇女は天智天皇の皇女で、万葉集には天武天皇皇子の穂積皇子《ほずみのみこ》と熱烈な恋の歌を交わしている。この歌の題詞には皇女が穂積皇子とは腹違いの天武天皇皇子高市皇子《たけちのみこ》の宮に居た時、穂積皇子を思って詠んだ歌だと記される。一目をはばかる恋であったのかも知れない。

しかしあまりよく分からない大昔の作者の特殊事情から歌を理解していくのはやめたい。世間的に許されない道ならぬ恋でなくても、昔の恋の歌は人目や噂を気にかけ、許されぬ恋のように詠まれたのである。実際、恋のすべてが人目をはばかってするものだった。今日のようにデートがあけっぴろげになった時代からは想像しにくいことだ。これは、恋の奥に存在する〈性〉というものに対して、古い時代には強いいけがれやタブーの意識があったことによるのだろう。

逆にまたそういう意識があるからこそ、恋にのめりこむことは、激しい情熱であり、時には自己の破滅にも繋がりかねない危うさを持ったのだろう。特に詩歌や物語などの文学的な表現においては、その激しさを強調する形式を基本とした。それでこそ、恋の文学は我々を酔わせるのである。（森）

君待つと　わが恋《こ》ひ《(い)》を《(お)》れば　わが屋戸《やど》の　すだれ動かし　秋の風吹く

額田王《ぬかたのおおきみ》

（巻四・四八八）

君待登　吾恋居者　我屋戸之　簾動之　秋風吹

〔あなたのおいでを待つとて恋しくしていると、わが家のすだれを動かして、秋風が通ってくる。〕

題詞には額田王が近江の天皇をしのんで詠んだ歌と記す。近江の天皇とは天智天皇である。また万葉集は、この歌に続いて鏡王女の作った次の歌を掲げていて、二首は一組の歌と読める。

風をだに恋《こ》ふ《(う)》るは羨《とも》し風をだに来む《(ん)》とし待たば何か嘆かむ《(ん)》　（巻四・四八九）

額田王が、天皇の妻問いを待ちこがれていると、天皇の姿は見えず秋風だけが通ってくる、と詠んだのに対して、鏡王女は、風だけでも来るかと待つのなら何を嘆くことがあろう、となだめている。鏡王女はもはや夫の来訪を待つということ自体もなくなった自分を嘆いているのである。鏡王女は、額田王よりやや年上の人であることになる。

中国の六朝時代の情詩の中には、秋の長夜に、遠征した夫の帰りを待ち、簾《すだれ》の風の音を聞いたりしている女の心を詠んだ詩がある。この二首の歌は、二人を近江の朝廷に仕え天智天皇の寵愛を受けた宮女同士と見なし、中国宮廷のそれのように脚色して作った後世の人の歌であるかも知れない。中国文学への関心が高まった奈良時代に、漢詩文に詳しい男性教養人によって作られた可能性もある。（森）

万葉集は最古の歌集ゆえ、日本人の心の原点のように思われがちだが、森評にあるように、中国文学の圧倒的な影響の元に作られた歌が多くある。だいたい、五七五七七という形式自体、五言、七言の漢詩の影響で整ったものにされた可能性が高い。五七音の音数律は日本人の感性に合うようにいわれるが、奈良時代に和歌が成立して千四百年、全国にしだいに浸透していくなかで感性もそうなっていったのである。

額田王は、前掲の漢詩の宴における春秋判別歌があるように、漢詩にも通じていた可能性があり、漢詩を元にしてこの歌を作ったこともありうる。天智天皇の近江朝は漢詩が盛んだった。当時の国家のモデルは中国の律令国家だったからである。七世紀後半は律令国家を作ろうとして格闘していた時代だった。ただ天智天皇は急ぎすぎたのかもしれない。朝鮮渡来人が多く住む近江へ都を遷すなど、旧勢力の反撥をかうことが多かった。そして、壬申の乱が起こった。

その革新的な近江朝で額田王は宮廷歌人的に活躍した。だから、この中国詩の影響を受けた、繊細な歌を作ってもおかしくない気がするわけだ。天智を思って作ったというより、漢詩の雰囲気を活かした和歌を作ってみせたということではないかと思ったりする。（古橋）

笠女郎《かさのいらつめ》

わが屋戸《やど》の　夕影草《ゆうかげくさ》の　白露の
消《け》ぬがにもとな　思ほゆるかも　（巻四・五九四）

吾屋戸之　暮陰草乃　白露之　消蟹本名　所念鴨

〔〈私の家の夕日のあたる草の白露が消える〉私の命は消えてしまいそうに心もとなく思われることよ。〕

用字の「蟹本名」は訓としてカニとモトとナだが、漢字に意味はなく、「かにもとな（…ように心もとない）」という意味の和語に当てている。借訓仮名という。最後の「鴨」も同じ。三句までを「消ゆ」を喚び起こす序詞として扱ったが、像が鮮明であり、比喩としてもかまわないと思わないでもない。しかし、序詞は万葉集全体の詩にするための方法だから、序詞とみるべきだと思う。

「夕影草」という草があるわけではなく、夕日のあたる草である。「影」は光も意味した。光と光の作る影が同じ言葉だったのである。「夕影草」は一種の造語で、歌において作られたと思う。五七五七七という短詩ゆえ、このような造語がいくつも作られたと考えていい。

この歌は相聞に入っている。したがって、あなたを想い、逢えないでいるので死にそうだとい

う内容になる。「露の命」は平安期の歌にもよく詠まれた。はかなさを象徴する。（古橋）

笠女郎が大伴家持に贈った二十四首の歌のうちの一首である。

夕方は夜の妻問いを前にして、男も女も恋ごころのまさる時である。女は庭を眺めながら恋しい男の訪問を待ちこがれる。平安時代にも続いた習慣である。この歌はそうした時の苦しくつのる恋ごころを巧みに詠んでいる。

夕《ゆふ》さればもの思《も》ひ（い）益《まさ》る見し人の言問《こと》ふ（う）姿面影《おもかげ》にして　（巻四・六〇二）

といった歌もこの二十四首の中に見える。夕方になるとあの人がことばを言いかけてくる姿が面影に浮かんで、恋しさがまさる、というのだ。夕方はそういう時なのである。

夕方の草や花には気温の変化とともに露が結ばれる。そうした夕方の常態を比喩的な序詞に設定することで、夕刻の息も詰まりそうにつのってくる恋ごころを、非常に強い調子に詠み上げた。報われず悲恋に終わるというのがこの時代の文学における恋の常識である。それゆえ恋の歌は切ない嘆きの形に詠むのが一般的になるが、これは夕刻の情景をにじませながらそれをみごとになしとげている歌である。我が身を露に譬えたところには、恋をする女の身のもろさというようなものまで表現されてしまっている。（森）

恋ひ(い)恋ひ(い)て　逢へ(え)る時だに
愛《うるわ》しき　言《こと》尽してよ　長くと思は(わ)ば　（巻四・六六一）
大伴坂上郎女《おおとものさかのうえのいらつめ》

恋ゝ而　相有時谷　愛寸　事尽手四　長常念者

〔恋い続けて久しぶりに逢った今の時だけでもせめて、真実の、良い言葉を尽してください。この関係を長く続けようとお思いならば。〕

「愛《うるわ》し」は、心ひかれるほど美しい。立派な。この歌の場合は下の「言《こと》」の修飾語として、真ごころのこもった良い、素晴らしいの意。日頃恋いこがれてようやく逢えた今のこの時は、つかの間の貴重なひとときである。せめてこの時だけでも、精一杯の言葉を言い尽くして欲しい、と相手の男（誰だか分からない）に訴えている。恋も決してなりゆきに任せて長続きするものではない。意志や誠意がなければ長くは続かない。その意志は、心のこもった良い言葉に表して相手に伝えなければ、何の意味もなさない。男女の仲は壊れやすいはかないものである。そして特に女にとっては、信じるに足りる男の誠意だけが頼りだ。そういう恋愛の不安な影の部分をよく知り尽くした心が、この歌の奥には存在しているようだ。

その誠意は「言葉」だ、と言っているのが興味を引く。同じ歌人に次のような歌がある。

われのみそ君には恋ふ《う》るわが背子《せこ》が恋ふ《う》といふ《う》ことは言《こと》の慰《なぐさ》そ（巻四・六五六）

自分の心に比べ、相手の男の言葉は真ごころのこもらない慰め言《こと》だ、と批難している。男性中心の身分社会が形成されてゆく奈良時代の、女の恋の心であろう。（森）

この歌は、森評にあるように、恋人と逢っているときの歌ではないか。

恋歌は、恋う歌、つまり逢えなくて恋しくて絶えられないときの歌である。そういう時、歌を作って心を鎮めようとした。詩人の高橋睦郎氏が、和歌形式はいわば神々に訴える形で、神がその気持ちを理解すると相手に伝えてくれるというものではないかというようなことをのべている（高橋睦郎『恋のヒント』小沢書店）。つまり、歌に詠むことで、相手に想いが伝わると考えられていたわけだ。こういう説明は古代的だが、われわれにとっては、いい歌を作ろうとすれば、気持ちがそちらに向かうから、恋しくてしかたない気持ちが少しは忘れられ、落ち着くわけで、それを歌の呪性と感じるのが古代だと思うのがいい。

恋人と逢っているときの歌だとすると、珍しいものになる。

さらに、「長くと思はば」は、自分の思いなら「思へば」になるから、相手の気持ちになる。男が気持ちの変わらないことをいったのに対し、ほんとうにそうなら、今、私の心に響く言葉を言い尽くして欲しいといっているように思う。そうとるといじらしい歌になる。（古橋）

大伴家持

夢《いめ》の逢《あい》は　苦しかりけり
覚《おどろ》きて　かき探れども　手にも触れねば　（巻四・七四一）

夢之相者　苦有家里　覚而　掻探友　手二毛不所触者

〔夢で逢うのは苦しいことだ。目が覚めて、手探りしても、手に触れることもないので。〕

大伴家持が坂上大嬢《さかのうえのおおいらつめ》に送った十五首のうちの一首。七二五から三十五首、家持と大嬢の贈答が続いている。最初は二首ずつのやりとり、次に三首ずつのやりとりになり、そして一首ずつ、二首ずつとやりとりが続き、家持の十五首になる。贈答歌として十五首も一度に贈るのはおかしい気がするので、この十五首は家持の歌をまとめたものかもしれない。あるいは、家持は努力家と思われるので、歌の勉強としていろいろ作ったことも考えられないではない。

歌では、現実には逢えないからせめて夢で逢いたいという言い方がある。大嬢がそう詠んできて、いや、夢で逢うのはむしろ辛い、目覚めてからよけい思われるからと応えた。そうとるのが素直だが、夢で逢いたいという歌を想定して、こう作ったことも考えられる。家持の歌はいったんはそう考えてみたほうがいいと思う。家持は文学者で、創作している歌が多いからだ。

それにしても、夢に想う人を見て、覚めた後に、寝床で手探りしてしまうというのはとてもリ

アルだ。家持自身にそういう体験があってもおかしくない。（古橋）

家持の父旅人の友であった山上憶良が、若い頃遣唐使となって唐から持ち帰ったらしい伝奇小説『遊仙窟』は、作者の張文成が旅に出て仙境のような所に紛れ込み、そこで十娘《じゆうろう》という美女と契る話である。その中に「夢に十娘を見る。驚きて之《これ》を攬《と》れば忽然《こつぜん》として手を空しくす」という一文がある。『遊仙窟』は日本ではよく読まれ、万葉歌人に大きな影響を与えた。家持もこの一文を知っていて、それに基づいてこの歌を詠んだのだろう。夢の逢いを想定した創作的な歌だという古橋評に賛同する。

夢はこの時代には「いめ」と言った。「忌み目」の意で、忌み慎まれる神や霊を見る手段であったから、逢いがたい恋人との霊的な通い合いの証しとして、恋歌にもよく詠まれた。中国でも仙女と夢の中で出逢う話がある。夢の逢いは現実の逢いが実現する予兆とも考えられた。それゆえもともとは喜びに繫がるものであったが、家持は『遊仙窟』を受容して、新しい捉え方を示したのである。

平安時代の歌人で独特な夢の歌を詠んだのは小野小町であるが、小町の夢は現実の逢いはままならない、という前提に立って、逆に夢を頼りにするというような、さらにいま一つ新しい境地を開拓している。恋歌の夢には歴史がある。（森）

大伴坂上郎女

夏の野の　繁みに咲ける　姫百合《ひめゆり》の

知らえぬ恋は　苦しきものぞ　（巻八・一五〇〇）

夏野乃　繁見丹開有　姫由理乃　不所知恋者　苦物曽

〔〈夏の野の草の繁みの中に埋もれて咲く姫百合〉、そのように、知ってもらえずに恋する恋ごころは、苦しいものだ。〕

「知らえぬ恋」は、人に知られぬ恋。「知らえぬ」の「え」は上代固有の受身・自発の助動詞「ゆ」の連用形。人に知られぬ恋とは、本来は世間の人々に知られぬ秘めた恋の意味であるが、当然それには心の内に秘めて口に出さぬ場合が含まれるから、相手にも知られぬ片思いの恋の意味にもなる。万葉集でも平安時代の和歌でも、恋の歌の「人知る」という語構成の「人」は、世間一般の人と相手とを区別なしに指していて、どちらの意味にもなる。恋の歌の表現の習慣なのだと思えばよい。ここもしたがってどちらの意味にもとれ、またどちらの意味をも含んでいるともとれる。人々に知られるのを恐れるあまり、自分一人、心の中でのみ思って、相手にも告げぬ恋を言っているのである。姫百合は丈の低い小型の百合で、草に隠れてひっそり咲くから、この場合の比喩としても適切なものである。「姫」は小柄のものを言うときにそえる接頭語。

姫百合は朱色の花を着ける。灼熱の陽光が降り注ぐ夏野にひっそりと咲く、しかし鮮やかな朱色の花は、押さえかねる恋の思いを表す比喩としてふさわしい。恋の思いは赤系統の色で表されることが多い。（森）

三句までは「知らえぬ」を喚び起こす序詞と見てもいいと思う。序詞には、後にあげる「多摩川に曝す手作りさらさらになにそこの子のここだかなしき」の「さらさらに」のように、音で繋がるものと、このように意味で繋がるものがある。音の側でいえば、「さらさらに」までは比喩にはならない。音による序詞は比喩というより、むしろ上の句と下の句の間に意味的な断層を生み出し、その断層を意味の流れとは違うもので繋ぐ方法だと思う。断層に漂うものによって詩情をもたらしたり、断層を繋ぐものに対する驚きや発見が詩を生み出すのである。

意味で繋がる序詞も、そこからみればやはり断層をみたい気がする。夏の野の繁みに咲く小さな百合と、相手に知られていない恋心の間には断層がある。自分を百合に喩えているのではないのではないか。自然の状態と自分の心が平行しており、その二つをただ「知らえぬ」という一語だけが結びつけているのである。この不安定さがいわゆる抒情をもたらすものだと思う。

なぜそう考えたいかというと、比喩は意味からみるもので、短詩である和歌は意味でおさめると貧しいものになってしまう場合が多いからだ。そして、詩は言葉の意味で語れるものではないはずだ。和歌はきわめて抒情的な詩なのだ。（古橋）

大伴田村大嬢《おおとものたむらのおおいらつめ》

わが屋戸《やど》の　秋の萩咲く
夕影に　今も見てしか　妹《いも》が光儀《すがた》を

（巻八・一六二二）

吾屋戸乃　秋之芽子開　夕影尓　今毛見師香　妹之光儀乎

〔我が家の庭に秋萩が咲きました。この夕方のほの明るみの中で、目の前に見たいものです。あなたの姿を。〕

「屋戸」は家の戸口、戸口の小庭。「夕影」は夕方の光。「見てしか」は見たいなあ。

大伴田村大嬢が義妹の大伴坂上大嬢《おおとものさかのうえのおおいらつめ》に贈った歌。坂上大嬢は大伴宿奈麻呂と大伴坂上郎女の間の子。田村大嬢は宿奈麻呂と先妻の間の子。万葉集には他にも二人の親しい関係を示す歌が見える。「妹」は通常愛情関係にある男女の間で、男から女を呼ぶ言葉であるが、このように女同士でも用いる。挨拶や消息の歌は、本来男女の恋の贈答歌（相聞）を表現の基盤に置いているからである。

この歌は、ちょうど萩が見頃になった秋の夕方、義妹にそれを見に訪ねて欲しい気持ちを伝えた歌である。ただし古い時代には、花は人を呼び招く呪力があると考えられた。花が咲けば思いがけない人が来る、死者や遠くにいる人の面影がよみがえる、と見たから、この歌も花の咲くのを見て、急に義妹への恋ごころがつのったことを言っているのかも知れない。こういう心から、花自体を逢いたい人の面影と見るような歌も生まれた。（森）

「秋の相聞」の歌。巻八と巻十は、「春の雑歌」「春の相聞」というように、四季を大きな分類にし、なかを雑歌、相聞と二つに分けて配列している。この四季による分類はそれまでの巻になかったものである。巻七が雑歌を「月を詠める」「草を詠める」、比喩歌を「衣に寄せたる」というように、いわばテーマ別に分類、配列しているあたりから、歌の分類が変わってきている。歌に対する評価が変わってきたことが原因と思われる。旅人を経て、文学への関心が深くなっていったということではないか。そして、自然の運行を秩序として捉える観念が濃くなってきた。それと関連して、都市生活が定着していき、京の周囲の郊外が自然と接する場として価値を与えられてきた。この歌は庭の萩を詠んでいるが、庭の歌も多くなる。この四季を大きな分類にした方法が『古今和歌集』の四季歌に繋がっていく。

この歌が相聞だということは、兄弟姉妹、親子など間の歌も相聞だということで、恋人関係や夫婦関係だけでなく、対の関係の歌が相聞と考えられていたことを示している。この歌は題詞がなければ恋歌とみなされてしまうような表現法の歌である。

「秋の相聞」と分類されるだけのことはあって、萩の花の美しさも表現したかったことである。二首詠まれているが、もう一首の歌も楓を詠んでいる。（古橋）

わが袖に　降りつる雪も　流れゆきて
妹《いも》が手本《たもと》に　い行《ゆ》き触れぬか　（巻十・二三二〇）

吾袖尓　零鶴雪毛　流去而　妹之手本　伊行触粳

〔私の袖に降った雪も流れていって、あの人の手に触れて欲しいよ。〕

自分に降りかかった雪が恋人のもとまで流れていって、触れて欲しいという感覚がおもしろい。自分に触れた雪は解けてしまうから、恋人の元まで行けるはずがない。だから、今降っている雪に恋人も触れて欲しいということだろう。月を見ていて、この月を恋人も見ているかというのと同じ発想である。

しかし、「流れゆきて」と詠むから、やはり自分に触れた雪なのではないか。少なくとも、自分が今見ている雪ととるべきだと思う。吹き降りになっていて、その流れる方向が恋人の家の方なので、こう詠んだと考えるのがいいと思う。

逢い引きできるのは、十五夜を前後して十日くらいだと思う。その逢い引きできる期間で、逢い引きできるはずだったのに、雪で逢えなくなったので、こう詠んで、気持ちをなだめているのである。せめて、雪を通じて、触れ合おうということだ。（古橋）

「冬の雑歌」の部にある歌。恋の心を詠んでいるが「冬の相聞」の方に入れなかったのはあくまで雪を詠む歌として理解したかった編纂者の心によるものだろう。それゆえ下二句は雪をおもしろく詠むための趣向とも解される。

雪が舞い流れるように降るのを味わい深く詠みたくて、いっそのこと流れて行っていとしい人の袖にもふれてくれないか、と詠んだのであろう。しかしもともとは恋の歌として作られたと解してもよい。古橋評に言うとおり、自分の袖にふれた雪か否か、表現に少し曖昧さがあり、無理をしているところがある歌だ。詠み手自身が曖昧にしているのだから、この今降っている同じ雪が、の意と見て、自分の袖にふれた雪でなくてもよい気がする。

万葉集には春雨を恋人への使いとする歌もある。雨も雪も、雲の動きによって降る場所が移って行くものと考えたのだろうか。この場合は雪だから、ひらひらと舞って遠くまで流れて行くものと見たのだろう。そこに一つ、雪への独特な興味の持ち方が出ていて、それが主眼となり、妹への連想がはたらいたのだろうと思わせる。

冬は和歌の題材になる風物に乏しい。それゆえ万葉集でもその後の歌集でも、季節の歌の中では冬の歌が決まって少ない。雪はそのうちで貴重な題材であるが、降り積もることや咲き初めの梅に降ることが詠まれる。流れることを詠んだものは多くない。（森）

うつくしと　わが思《も》ふ妹《いも》は　早《はや》も死なぬか
生《い》けりとも　われに寄るべしと　人の言はなくに（巻十一・二三五五）
恵得　吾念妹者　早裳死耶　雖生　吾迩応依　人云名国
〔いとしいと私の思うあの子は、早く死んでくれないか。生きていたとて、私に靡くだろうとは誰も言ってくれないのだから。〕

柿本人麻呂歌集から採った旋頭歌。旋頭歌とは五・七・七を二回繰り返した六句体の歌体で、もともと五・七・七の三句体（片歌）の問答ないし唱和から発生したとされる。それゆえ第三句で切れる場合が多く、上下句が唱和の形式になって、第三・六句が反復の形になったりすることが多い。

この歌は上三句に意表を突くような心意を提示して、下三句でその謎解きをしたような構成になっている。ウイットを楽しんでいるようにも見えるが、恋の実らない相手を思い続けなければならぬ苦しさを、巧みに表現していて、心もある歌だ。

「うつくし」はいとしい、可愛らしい。美しいの意ではない。平安時代になると子供や花など小さなものに対して用いるようになるが、万葉集では男女間の情愛について用いる場合が多かった。そのうつくしき者に対し「早も死なぬか」というのは、ある意味では自己の心情に対する斬りつけで、自虐の心さえ見えるものである。（森）

巻十一、二は「古今相聞往来歌」と名づけられている。歌の作者名はなく、ひたすら恋愛関係の歌がならべられている。その最初に旋頭歌が配されていることには意味があるに違いない。「往来歌」が実際にやり取りされている歌とすれば、民間にうたわれている歌を集めるという姿勢を示しているのかも知れない。あるいは、旋頭歌はうたわれるものと考えれば、歌謡的ということか。

この歌も、恋している人が自分を振り向いてもくれないので、死んでしまえばいいと思うというようなうたい方は歌謡的である。和歌では自分が恋死にすると表現する。相手を死ねと詠むのは不吉なことで、避けられた。それが歌謡なら許される。中島みゆきの歌にでもありそうだ。

これも当時における現代の歌である。人麻呂以来の近代の歌が行き詰まりつつあり、歌謡に価値を見出すことになった。いわば口語体に帰ることで、歌のリアリティを回復しようとする動きのなかにある。そこまで深刻ではなく、逆に和歌が民間にも浸透し、歌謡的になっている状況を示しているくらいでいいかもしれない。（古橋）

玉久世《たまくせ》の　清き川原に　身祓《みそぎ》して
斎《いわ》ふ《（う）》命は　妹が為こそ

玉久世　清川原　身祓為　斎命　妹為　（巻十一・二四〇三）

〔玉久世の清らかな川原で禊ぎをして、幸を願う命も、あの人の為なのだ。〕

玉は美称で、久世の地を最高に称える。久世は木津川に面した地。禊《みそ》ぎは、汚れを祓う呪術。人に汚れがついて不健康になったり、心が萎えたりすると考えられており、その汚れを祓うために禊ぎをした。いわば生命力の更新である。たいてい川で水を浴びて、汚れを流した。三月三日の、いわゆるお雛さまの祭りは、人形に汚れをうつして川に流すものだった。お雛さまは流したのである。飾るようになったのは江戸期くらいからである。

この汚れを祓う発想は、六月と十二月の晦日に行われる大祓という儀礼に象徴的にあらわれている。天皇は大祓をして、国中の汚れを祓い、国は更新され、安泰となる。さまざまな悪いこともみな流されてしまうのである。

『伊勢物語』に、失恋して、女を忘れるために鴨川で禊ぎ祓いをする話がある。恋心も外から憑いてくるものなのである。

「妹」を妻と訳すと、家庭的な感じになる。妻という語もあったのに、「妹」といっているのは、妻であっても恋人的な想いがこめられる。想う人と訳すべきだと思う。生きていくのはあの

人のためといっているのは、あの人がいるから生きられるという内容を逆側からいったものとみていいだろう。（古橋）

恋の禊ぎは万葉集にも後世の和歌にも詠まれる。概して、（A）逢えるようにするための禊ぎ、（B）恋のうわさをはらうための禊ぎ、（C）恋ごころの苦しさをはらうための禊ぎ、の三種類に分かれる。七夕の二星についても、逢う七日前の六月三十日に七度の禊ぎをするという歌が後撰集に見える。（B）はうわさされているうちは逢いにくいのだから、結局うわさをはらって逢うためのもので、（A）に吸収されるかも知れない。

そのような大勢を踏まえ、また万葉集の恋の歌の中には、「逢えぬ苦しみに死にそうだが、晴れて逢える日のために何とか命を繋ごう」という趣旨の歌も多いのを参考にすると、この歌の「妹が為こそ」は、妹に逢うためにこそ、の意味である可能性が高い。詳しくは小著『恋と禁忌の古代文芸史』（若草書房）のなかの「恋の禊ぎ」の章を見ていただきたい。

禊ぎは本来神に逢うためにするものであり、けがれをはらって幸いを招くためのものであるから、この歌では、その神の位置に恋人が置かれていると考えてもよいし、禊ぎによってけがれが清められ、生れかわるわけであるから、逢える幸運が得られるのだと考えてもよいのである。

（森）

高麗錦《こまにしき》　紐解き開《あ》けて
夕《ゆうべ》だに　知らざる命　恋ひつつやあらむ《ん》

（巻十一・二四〇六）

狛錦　紐解開　夕戸　不知有命　恋有

〔高麗錦の紐をほどいて、夕方まで保てるかどうかも知れぬ命で、恋い続けることか。〕

柿本人麻呂歌集から採った歌。高揚した感情を詠んでいて、人麻呂の作のようにも思える。「高麗錦紐解き開けて」は二句跳んで「恋ひつつやあらむ」にかかっている。「夕だに知らざる命」とは、激しい恋ごころの苦しさゆえこの夕方さえ知られぬ命、という意味である。それでも願いがかなえられるように、衣の紐を解き開いて恋い続けるのだ。通い結婚では夜が逢える時だから、それを待ちきれないでいる心を詠んでいるともとれる。

衣や下着の紐を解くのは逢うことを招く呪術である。逢えば共寝のために衣の紐をほどくから、それを先取りしてあらかじめ紐をほどいておけば逢える、というふうに考えたのだろう。紐が自然にほどけるのを、相手が自分に逢いたがっていて、やがて逢えることになるきざしであるかのように詠んだ歌もある。高麗錦は朝鮮半島の高麗の国（高句麗）から渡来した錦織りの織物。色鮮やかな高価な織物だったのだろう。この歌では、紐にかかる枕詞とみてもよい。

この歌は男の歌とも女の歌とももとれる。激しい心を詠んでいるが、紐を解いて逢える時を待っているのはやや受身的で女の歌であるとも思わせる。しかし男の歌と見ることも不可能ではな

い。案外男女共通の思いを詠んだもので、どちらにも通用したのかも知れない。（森）

恋しくて死にそうという歌は多くある。恋することの極限の表現になる。この歌は夕方まで命が持ちそうもないといっているのがリアルだ。恋人に逢えるのは夜だが、それまで待てないというのである。

逢い引きで解く紐は下着だから、高価な高麗錦の紐でないと思う。やはり「高麗錦」は枕詞ととるべきだろう。ただし、恋人との逢瀬で解く紐だから、とてもすばらしい紐といっている。その意味では比喩的である。

「相聞往来歌」は兄弟姉妹の関係の歌はなく、すべて恋歌である。その意味でも、『古今和歌集』の恋歌に繋がっている。巻八、十が四季歌に繋がることと合わせて、平安和歌への過程が始まっているわけだ。

巻十も作者名が記されなかった。二首前の歌で、民間への広がりをいったが、巻十あたりからその広がりがみられるわけだ。平安和歌には、このような広がり、いわば大衆化が必要だった。大衆化は俗化でもある。この歌を俗だとはいわないが、歌謡にありそうな表現でもある。（古橋）

相見《あいみ》ては　面隠《おも》さるる　ものからに
継《つ》ぎて見まくの　欲しき君かも　（巻十一・二五五四）

対面者　面隠流　物柄尓　継而見巻能　欲公毳

〔逢うと恥ずかしくて顔を隠してしまうものだが、逢えないとずっと見ていたいあなただよ。〕

万葉集では、「君」は女の側から男をいう言葉。逢いたくてたまらないのに、いざ逢うと恥ずかしくて顔も見られないという女心を詠んでいる。といって、私は女心などとあまりいいたくない。男だって同じだと思う。青春期を思い出す。しかし、こういう場合「男心」とはいわない。男は凛々しいという社会的な観念がある。こういうような社会的な性に対する観念をジェンダーという。ジェンダーは社会の仕組みに歴史性をみる見方で、セクハラや人権論議と直接関係するものではない。

「継ぎて見まくの欲しき君かも」は、「玉襷《たまだすき》懸けねば苦し懸けたれば続ぎて見まくの欲しき君かも」（巻一二・二九九二）などあり、定型的な言い方になっている。この歌は、実際に逢うと顔もまともに見られないのに、離れるとずっと見ていたい男の顔よ、といっているわけで、前の二句と後の三句が対応関係になっており、心の微妙さをあらわすと同時に、文学的な表現になっている。（古橋）

昔の恋人たちも、けっこう顔を合わせると恥じらいを感じていたと想像すると楽しくなる。名張という地名に隠れる意の「なばり」をかけて「暮《よい》に逢ひ《(い)》て朝面《あしたおもな》無み名張《なばり》にか」（巻一・六〇）と詠んだ歌もある。共寝の夜が明けた翌朝、明るさの中で恥ずかしくて見せる顔がない、というのである。

しかし古代の「見る」には現代とは違うところもあったようだ。人や国土を見ることは、それを目の力（呪力）で支配することであり、それによってこちらの力能を強めることでもあった。また恋人同士が目を見交わすことは、お互いに相手を支配しあう関係におくことだから、二人を強く結合させることになった。古事記には男女が結婚する前に「まぐはひ《(わい)》」（目食ひ合ひの略）をすると書かれた例が二三見える。この歌の「継ぎて見まくの欲しき」には、相手の方へ目を向けて、相手と自分との関係をしっかり手放さずにいたいという意味がこもっていよう。逆に目を合わせられないのは相手の目の力に負けてしまうからだ。このような時の顔や、また裸体や心の中などは、男が見る側で女は見られる側になりやすい。恥じらって隠すのは見られる側の行為である。（森）

ぬばたまの　妹《いも》が黒髪
今夜《こよい》もか　わが無き床《とこ》に　靡《なび》けて寝《ぬ》らむ（ん）　（巻十一・二五六四）

夜干玉之　妹之黒髪　今夜毛加　吾無床尓　靡而宿良武

〔真っ黒なあの妻の黒髪。あれを妻は今夜も、私のいない寝床に靡かせて寝ているだろう。〕

「ぬばたまの」は「黒」「闇」「夢」などにかかる枕詞だが、黒い・暗い、などのニュアンスを含んでいるので、右のように訳しておいた。「靡けて」は、靡かせて、の意味。初めの二句は黒く長い妻の黒髪の美しさを、目の前にありありと思い浮かべて賛嘆しているのだ。それゆえここでいったん言い切った二句切れと解釈したい。

詠み手の男は、今夜は訪ねて行けないのだろう。恋しくてならない。訪ねて行って共寝をした寝床での妻の姿態をもとにして、想像をめぐらしている。と同時に、妻の方も今夜は自分がいないので、寂しく苦しく、黒髪を靡かせ乱れさせて寝ているだろうと思いやっているのである。黒髪は女の最大のチャーム・ポイントだった。それを想像する男の方にも苦しい気持ちがあって、少しセクシャルな想像になっている。

こういう想像をするのは庶民階層の男よりも、いくぶん教養のある階層の男のように思える。女の美しさを性的に耽美的に詠むことは、中国の閨怨詩（夫に去られたり、夫が遠方に出たりして、女が一人閨房で恨めしい思いをしているさまを詠んだ詩）などの影響を受けてできてくるも

のであるからだ。(森)

髪は真っ黒がよかったらしい。定型的な言い方に、「蜷《にな》の腸《わた》か黒き髪」という言い方がある。蜷は田螺という。なぜ巻貝の内臓を比喩にするのか、特異な表現である。ただ黒いというのではなく、光沢があり、しっとりしている感じだろうか。

そうではなく、「ぬばたまの」という枕詞を冠したのは、音数の問題もあるが、より霊的なニュアンスを出したかったためではないか。どうしても思い出してしまう黒髪といった感じである。

黒髪に対する幻想は、平安期に、女たちが長い髪をしていたことに繋がる。絵巻物は、女の顔より髪を美しく描いている。白描(墨だけで彩色していないもの)の枕草子絵巻は、よけい髪の美しさが強調されている。長い髪が女の象徴だった。だから、年取ると肩より下くらいに切る尼削ぎにする場合が多かった。

寝乱れた髪はエロティックな幻想を誘う。この歌も、自分と共寝した時のことを思い出している。和泉式部に「黒髪の乱れもしらずうちふせばまづかきやりし人ぞ恋しき」(拾遺集恋三)という秀歌がある。(古橋)

ちはやぶる　神の斎垣《いがき》も　越えぬべし
今はわが名の　惜しけくもなし　（巻十一・二六六三）

千葉破　神之伊垣毛　可越　今者吾名之　惜無

〔〈ちはやぶる〉神域の斎垣も越えてしまおう。今は私の名が知れ渡っても惜しくもない。〕

「千葉破」の表記がおもしろい。すべて訓読みすれば「千（ち）葉（は）破る」と読める。漢字を意味（訓）で読みながら、意味ではなく音として使って、和語の意味に再構成している。「ちはやぶる」は神という語を喚び起こす枕詞。「斎垣」は神の領域を他と区別する垣根。神聖な垣根（囲い）とでも訳せばいいかもしれない。恋にとって、名の知られることは忌まれた。逢い引きは夜にするものであり、夜は神々の時間帯だから、恋は神々の行為と考えられていたのである。恋している時の、ふだんと違う心の状態を考えればいい。名はこの世に存在することを示すものだから、名が知られることは人間の側に引き下ろされるのである。

妻訪い婚、訪婚という婚姻形態も、そういうことを示す。同居するのは、この世の存在としての子が生まれてからである。

「神の斎垣を越え」るとは、禁忌を破るということで、逢ってはいけない時間帯に逢うとか、人に知られてしまうなどという行為をしてしまうこと。逢えなくてたまらず禁忌も破ってしまおうと、想いの押さえがたさを表現している。（古橋）

趣意は古橋評にだいたい尽きている。恋は慎しみ隠し露顕をはばかる。それは実際にそうしないと都合が悪いことがあったということよりも、恋というものに対する古代人の思考法から出てくるということだ。しかし思考法があれば、それに基づく実際面もあっただろう。人目を気にかけない恋は、慎しみの足りないものと見られて世間の悪評を買いやすく、邪魔が入ったりもしやすかった。またあまりに早く露顕すると、本人同士が覚悟のできぬうちに、周囲から追い込まれ苦しんだり、二人の関係が崩れた時、二人とも新しい相手をつかまえにくくなるということがあった。

どうして恋の関係は慎しまれなければならなかったかといえば、男女の間には〈性〉という問題があって、それは人間の動物性だから恥じられた。秩序をもって成り立つ社会で無秩序な動物的欲望や、欲しいままに広がって行く恋情といったものは内に隠されていないと、秩序を破壊する。〈性〉は恐れられてけがれとも神聖とも見られ、少し距離を置いて見られた。神聖と見られると神との関係と似てきた。神懸かりも神と巫女との結婚と考えられた。それも秘事だから巫女は隠《こも》りをした。神との関係が一定の慎しみのもとに行われるように、男女の関係も、慎しみを要した。神域の垣根の中には容易にたち入れない。それゆえこういう言い方が恋の歌にも出てくるのだ。（森）

紫は　灰さすものそ
海石榴市《つばきち》の　八十《やそ》の衢《ちまた》に　逢へ（え）る子や誰《たれ》　（巻十二・三一〇一）
紫者　灰指物曽　海石榴市之　八十街尓　相児哉誰
〔紫は灰をさすものだ。海石榴市の辻で逢った子は誰だろう。〕

紫の染料は灰を入れて鮮やかな色を出す。つまり、関係のない何かとかかわることで、そのものの本来持っている美しさが引き出されるということで、いわゆる比喩になっている。市は方々から人々が集まる場所で、出会いがあった。恋の始まる場ともなるわけだ。その市における出会いの際の歌である。男が、自分とつき合うときれいになるぞと誘っている。名を知ることは相手の承認をえることだから、誰だと聞いた。

この歌の次に、応えとして、

たらちねの母が呼ぶ名を申さめど道行く人を誰と知りてか　（巻十二・三一〇二）

が載せられている。「母が呼ぶ名」とは、家族間の愛称か、正式な名かわからない。母といっているのは、主婦が家内のことは管理していたからである。愛称だと私的なものだから、それを教えるのは親しい関係を受け入れることになり、この場合にはふさわしいかもしれない。

女は、まずあなたが名告りなさいと応じた。このように応えるということは、ある程度の脈があるからである。

民間の歌垣系統の歌だろう。(古橋)

海石榴市《つばきち》は明日香の北東、初瀬川が大和盆地に流れ出す所に位置し、南北に走る山辺の道や東西に走る横大路が交錯する交通の要地であった。市が行われたらしく、市には多い歌垣も行われた。日本書紀にここでの歌垣の記事が見える。海石榴は椿。市の立つ広場にシンボルになるような椿の木があったのだろう。明日香・藤原京の時代には、外国からの遣使などは、迎賓館が建てられ、ここから入京させたらしい。また時代が下るとここからやや東に入った長谷寺への参詣者が、寺に登る前の最後の宿を取る場所にもなり、精進落としの遊興の場にもなっていったらしい。市や歌垣の地の伝統であろう。この歌もそうした土地柄と深い関係をもって成立した。「海石榴市」は「つばいち」と訓読されて来たが、延喜式神名帖の因幡《いなば》国の神社の名に「都波《つば》只知上神社《きちのかみ》」とあるのを参考に、近年は「つばきち」と訓読する。

この歌は歌垣における、男女のなまの掛け合いの姿を伝えた、珍しいものである。答歌と合わせて見てゆくと、互いに何とか相手に先に名を言わせようとしているのが分かる。先に相手に、好きだ、と言わせた方が勝ちなのだ。特に女の歌は自分にもその気があることをほのめかしながら、相手に先に言わせようと巧みに誘っている。(森)

さし焼かむ(ん)　小屋《をや》の醜屋《しこや》に　かき棄《う》てむ(ん)　破薦《やれこも》を敷きて
うち折らむ(ん)　醜《しこ》の醜手《しこて》を　さし交《か》へ(え)て　寝《ぬ》らむ君ゆゑ(え)
あかねさす　昼はしみらに　ぬばたまの　夜《よる》はすがらに
この床《とこ》の　ひしと鳴るまで　嘆きつるかも　（巻十三・三二七〇）

〔焼き払ってしまいたい汚い小屋で、棄ててしまいたい破れた薦を敷いて、へし折ってしまいたい醜い手を交わし合って、寝ているあなた故に、〈あかねさす〉昼は一日中、〈ぬばたまの〉夜は一晩中、この床がみしみし音を立てるまで、嘆いたことだ。〕

もの凄い嫉妬の歌である。恋する男が別の女と寝ている場面を想像して詠んでいる。きわめて具体的に浮かべ、逢い引きしている場所を「さし焼かむ」、寝床を「かき棄てむ」、抱き合っている腕を「うち折らむ」と、一つ一つ生の感情を表出している。恐ろしいくらいリアルな歌だ。万葉集には他にこんな激しい歌はない。いや、万葉だけではなく、以降の歌にもない。

しかし、私はこういう歌に出会うと、むしろ安心する。ほとんど相手を求める歌ばかりで、読み続けていると、恋には必ず終わりがあるはずなのにと思ってしまう。恋愛の終末期はとても凄まじい。そういう醜さ、みじめさを歌はうたえないのかと思ってしまう。拙著『古代の恋愛生活』（NHKブックス）の最後の章は「恋の終わり」とし、この歌を引いている。この年になって、こういうことを平気でいえるようになったが、恋の終わりが煩わしくて、恋などしたくないと思う人も多いはずだ。恋に憧れるのは青春期だけとはいわないまでも、何度か経験しているうちに、煩わしくなる。最近は、若い人でもそう感じる人が増えている。

『古今和歌集』以降、恋の歌は心変わりの歌を入れるようになる。そういう歌がほとんどないことからして、万葉集は青春の文学ではないかと思う。日本文学史の初期に位置することと関係するかもしれない。そういうなかで、この歌は突出している。万葉集の時代にも、当然のことながら、終末期の恋に苦しむ人がいたのだ。

しかし、こういう歌は作るとよけい苦しくなりはしないだろうか。あまりにも具体的に詠まれている。そこに反歌がある。

我が情焼《こころや》くも我なり愛《は》しきやし君に恋ふる（う）も我が心から　（巻一三・三二七一）

長歌とは一転して、こんなに苦しむのも自分の気持ちゆえなのだ、あなたを恋しいと思うのも自分の心ゆえなのだと、自分の心をなだめている。いわば鎮魂の歌になっている。歌を詠むのは、こういう鎮魂の働きを期待する場合が多くある。

それにしても、自分の心ゆえだと自分の心をなだめるような歌は、万葉集にはめずらしい。人に認められないのを、「白珠は人に知らえず知らずともよし　知らずとも我し知れらば知らずともよし」（巻六・一〇一八）と詠む歌があるくらいか。元興寺の僧の歌という。（古橋）

詩人から小説家に転向した富岡多恵子氏が、詩は基本的に善良で、悪を書けない、ということを言っていたと記憶する。そういうものかも知れない。詩歌のことばはことばの美に向かう。悪を美しいことばにしようとすると、悪そのものを抜け出してしまう。嫉妬やのろいというものも、悲しみとか怨みとかいう情緒的なものにしないと歌にはならない。上代の文学にも嫉妬は素朴ながら表現されていて、古事記・日本書紀には皇后磐姫大后《いわのひめのおおきさき》の嫉妬物語がある。しかしそれは散文である。説話集の日本霊異記には悪人が登場するがそれも散文である。

そうした観点から見るとこの歌は希有な存在だ。

験《しるし》なき恋をもするか夕されば人の手まきて寝《ぬ》らむ《(ん)》児《こ》ゆゑ《(え)》に　（巻十一・二五九九）

他にはこんな歌が見えるが、嫉妬やのろいまでは表現していない、甲斐のない恋をすることか、と諦めを詠んでいる。もっとも「児」は通常女子を言うからこれは男の歌である。

男の歌でも女の歌でも、報われない恋や、相手の情熱がさめて終わろうとする恋を詠む時は諦めの形に詠み、自分が勝手に相手を好きになったのだから、といって自分を悔やむという形になるのが、平安時代の特に女の歌に多い。万葉集ではその形は少ないが、古橋評に引くこの歌の反歌はそれに近いとも言える。長歌も後半の七句は嘆きになっていて、それが歌らしく見せる効果を上げている。（森）

コラム②
## 万葉集の構成

万葉集は全体で整った構成をとらない。巻一は雑歌、巻二は相聞と挽歌、巻三は雑歌、譬喩歌、挽歌、巻四は相聞、巻五は雑歌というように、雑歌、相聞、挽歌が基本になり、作歌時期順に配列されている。しかし、この構成はおかしい。雑歌、相聞、挽歌の繰り返しになっている。そこで、現在万葉集といわれているものが何次にもわたって編纂されていったものであると考えられている。まず巻一、二が編まれ、続いて巻三、四が加えられ、といったようにである。

しかし、この雑歌、相聞、挽歌の分類は、すでに巻五で破綻している。巻五の巻頭は、大伴旅人の「世の中はむなしきものと知る時し」（一七四ページ）で、挽歌に分類されてもおかしくない歌である。二首目も山上憶良の「日本挽歌」である。しかも、この巻は旅人を中心にした大宰府の歌が収められている。そして、巻八、十は春の雑歌、春の相聞というように、季節を立て、なかを雑歌と相聞にわけている。明らかに異なる編集の仕方である。

このような変化は巻一、二で立てられた方針が崩れたことを意味する。重要な分類だった挽歌は、儀礼的なものはなくなり、巻五以降では、古今集以降の哀傷歌と同質のものになっている。その傾向は巻三にすでにみられる。ということは、歌自体が変わってきていることを示している。本書のなかで、私が柿本人麻呂を近代、大伴旅人以降を現代といっているのは、そういう変質を根拠にしている。（古橋）

山吹《やまぶき》は　日に日に咲きぬ
愛《うるわ》しと　吾《あ》が思《も》ふ（う）君は　しくしく思《おも》ほ（お）ゆ

大伴《おおともの》池主《いけぬし》

（巻十七・三九七四）

夜麻夫枳波　比尓〻〻佐伎奴　宇流波之等　安我毛布伎美波　思久〻〻於毛保由

〔山吹は日に日に咲きつのっていきます。私が敬愛し心引かれるあなたは、しきりにしきりに思われます。〕

「日に日に咲きぬ」は、日に日に一輪また一輪と花が増えてきたこと。「愛《うるわ》し」は奈良時代には相手の容姿・品格が立派で心引かれる意に用いられる。「しくしく」は重ねて。しきりにしきりに。「思ほゆ」は思われる。

この歌は天平十九年（七四七）の春の歌。越中国（現在の富山県と能登地方を併せた国）の国守として赴任し半年ほどを過ごした大伴《おおともの》家持《やかもち》は病気になり、ようやく巡ってきた北国の春なのに家に閉じこもっている。下僚の掾《じょう》（国司の第三等官）大伴池主が家持を元気づけようとして、三月五日に贈った歌の一つで、これに先立つ長歌には、健康をとり戻して早く楽しい春の野に出て来て欲しいと詠んでいる。

山吹の季節が訪れ、日に日に花数が増えて行く。それに呼応するようにあなたを恋しく思う気持ちも、日に日に強くなって行く、というのだ。花は古代的な心からするとめでたいもので、神や福を呼び招く力があると考えられた。花の季節には死んだ人も、遠く離れた人も帰ってくる、あるいは花が遠く離れた人や死者の面影を誘う。それゆえまた花の時は人恋しくなる時でもある。一見、山吹が咲きつのることを比喩として、恋しい心がつのることを詠んだように見える歌だが、裏にはそうした奥深い心の伝統が潜んでいる。（森）

山吹は、挽歌に、

山吹の立ち儀《よそ》ひたる山清水酌みに行かめど道の知らなく　（巻二・一五八）

があり、蘇りの水を汲みに行く清水に生えているのだから、山吹自体に甦りという像をもっていた可能性がある。晩春に咲く。したがって、生命力が最も活き活きとあらわれる季節である夏の訪れを待つ歌にもなるといえるかもしれない。

これは、森評にあるように、花が神や福を招き寄せるという観念と通じる。遠くにある人も招き寄せるのも、同じだ。森評が死者も呼び寄せるといっているのは橘のことで、『和泉式部日記』が花橘の季節に、亡くなった恋人の弟の敦道親王が見舞いの文を送ってくることから始まることなどで確かめられる。有名な「五月待つ花橘の香をかげば昔の人の袖の香ぞする」（古今　夏　巻三・一三九）の「昔の人」は亡くなった人とも、昔の恋人ともとれる。もう離れてしまって、音信のない人である。（古橋）

# 5

# 鎮魂

柿本人麻呂

玉欅《たまだすき》　畝傍《うねび》の山の　橿原《かしはら》の　日知《ひじり》の御代《みよ》ゆ　生《あ》れましし　神のことごと
つがの木の　いやつぎつぎに　天《あめ》の下　知らしめししを
天《そら》にみつ　大和を置きて　青丹《あおに》よし　奈良山を越え
いかさまに　思ほ（お）しめせか　天離《あまざか》る　鄙《ひな》にはあれど
石《いわ》ばしる　近江の国の　楽浪《ささなみ》の　大津の宮に　天の下　知らしめしけむ（ん）
天皇《すめろき》の　神の尊《みこと》の　大宮は　ここと聞けども　大殿は　ここと言へ（え）ども
春草の　繁く生《お》ひ（い）たる　霞立ち　春日《はるひ》の霧《き》れる
ももしきの　大宮処《おおみやどころ》　見れば悲しも　（巻一・二九）

〈玉欅〉畝傍の山の橿原でお治めになった神武天皇の時代からお生まれになった神々ごとに、
〈つがの木の〉次々に天下をお治めになってきたのに、
〈天にみつ〉大和をさしおいて、〈青丹よし〉奈良山を越えて、
どのようにお思いになったのか、〈天離る〉鄙ではあるが、
〈石ばしる〉近江の国の、〈楽浪の〉大津の宮に天の下をお治めなさったらしい、
神である天皇の大宮はここと聞くけれども、宮殿はここというけれども、

春の草が繁茂し、霞が立ってかすんでいる
〈ももしきの〉大宮のあたりを　見ると悲しいことだ。」

「近江の荒れたる都を過ぎし時」に作った歌という。大津の宮は天智天皇の都。天智の意志とは異なり、壬申の乱（六七二年）によって、天武天皇が政権を奪い、都を大和に戻した。人麻呂がこの歌を作ったのは、天武天皇の皇后で、天武の後を継いだ持統天皇の時代。次にあげる「ささなみの国つ御神の心さびて」の歌もあり、やはり天智と、壬申の乱で亡くなった大友皇子の鎮魂が求められていたことがわかる。それを都への鎮魂としている。

初めての天皇である神武以来ずっと大和に都があった歴史を語り、そこを離れて田舎の大津になんで都を遷したのかわからないと留保し、現在の自然に戻ったかつて宮殿のあった場所を見て悲しむという展開をしている。

荘重な儀礼的な歌らしい歌である。このように、枕詞を多用して、厳かな格調高いリズム感をもたらしているのが、人麻呂の長歌の特徴である。

「いかさまに　思ほしめせか」と「見れば悲しも」に、詠み手の感情が直接あらわれているが、前者は挽歌の定型的な言い方であり、「見れば悲しも」は次の短歌にもみられ、やはり定型的な言い方である。このような定型的な言い方が安定した表現をもたらしている。（古橋）

冒頭の「玉襷　畝傍の山の　橿原の　日知の御代ゆ……」というのは、橿原宮で国を治めたと伝承される初代の神武天皇の時代から歴史を詠み起こす詞章の伝統によるものだろう。神武天皇を「畝傍の橿原に……初国《はつくに》知らす天皇《すめらみこと》」と表現した古詞章の断片風のものが日本書紀に見える。その点からしても、この歌は多分失われた古代の詠史的な叙事詞章の伝統に立ちながら詠まれている。宮廷歌人（歌作りを任務として宮廷に仕えた専門歌人）人麻呂の歌の特色である。

初代神武天皇の橿原宮を王宮の神話的起源と仰いで、以来代々の天皇は大和に都を造る習わしだったのに、天智天皇はどのようなお考えからか果敢に前例をうち破って、大和の北の国境の奈良山を越え、鄙の国近江に宮を営んだ。その営みも、歴史の流れのなかで、空しく草にうもれていく。英雄的な一世一代の大事業も、悠久の歴史の流れにはたやすく呑み込まれて、失われて行かざるをえない、という思いが潜在しているようだ。〈時間〉という潜在主題が、底を流れているように読めてくる。果たせるかな、二首の反歌は、さらにそれを明確にうち出している。

ささなみの志賀の辛崎幸くあれど大宮人の船待ちかねつ　（巻一・三〇）

ささなみの志賀の大わだ淀むとも昔の人にまたも逢はめやも　（同三一）

一首目は見えなくなった昔の宮廷人たちを、沖に船を漕ぎ出して帰らぬものと見て、辛崎が昔の姿でそれを待っていると詠み、二種目は湖の淀みの水が淀み続けようとも、昔の人たちに再会することはないだろうと、栄華の昔が帰らないのを、永遠の未来に向け予測している。（森）

コラム③
## 万葉集の表現の特徴は何か

まずあげられるのが、五七を中心とした音数律である。日本語は子音と母音の組み合わせで成り立つ単純な言葉であることが、音数律によって言葉の意味以外の、情緒を生み出す役割をはたした。情緒という言い方をしたが、これは美の問題でもある。

この五七の音数律は、日本語に最もふさわしいものとは限らない。同じ日本語文化圏である沖縄の古い歌謡は三、四、五などの音数律をもつ。たぶん、五七になったのは、漢詩の五言、七言の音数律の影響と思われる。そして、五七五七七の和歌が成立することで、その形式がしだいに広まっていって、われわれの感性を作っていったのである。

この五七の音数律は、五七、五七と繰り返される、最後に七で終わる、いわゆる長歌に繋がるものである。古今集以降の和歌が七五になっていくことと対応する。五七・五七・七と、五七五・七七とはリズムが違う。五七五・七七のほうがより抒情的になる。

次に、枕詞、序詞があるが、これは別にとりあげる。ただ、万葉集の時代、序詞が歌の言葉を作る方法として盛んだったことだけふれておく。これは、古今集が掛詞、縁語、見立てを歌を作る中心の方法としたことと対応する。

他に、神謡からの様式である、巡行叙事や、物の製作過程を詠んでその作られた物を称える生産叙事などの方法がある（古橋信孝『万葉集を読みなおす』『万葉歌の成立』）。（古橋）

高市古人《たけちのふるひと》

ささなみの　国つ御神《みかみ》の　心《うら》さびて
荒れたる京《みやこ》　見れば悲しも　（巻一・三三）

楽浪乃　国都美神乃　浦佐備而　荒有京　見者悲毛

〔ささなみの国の神さまは心も萎《しな》えて、荒れてしまった都を見ると悲しいことだよ。〕

高市古人の近江の旧都を詠んだ歌。ある本には、作者は高市黒人とあると記してある。黒人は旅の歌人で秀作が多い。大津の宮は天智天皇の都。一代で、奈良に戻った。

「ささなみ」は近江の枕詞にもなる。ここでは「ささなみ」で近江をさしているから、近江の雅語といえる。枕詞と被枕詞との関係はこの雅語と普通の言葉である場合がある。

「国つ御神」は、天皇を中心とした高天の原の神々（天つ神）に対して、地上の神と考えればいい。土地の神が高天の原から降臨した天つ神を守る。この場合は、都を守る土地の神である。都が遷って自然に戻ったことによって、守っていた土地の神の心も萎えてしまったというのである。こういう感じ方が古代的といえる。心を「うら」というのは、占いのウラと同じで、隠されている真意を意味する。心は誰にも不可思議なものだという感じ方からそういった。（古橋）

かつて都であった所が荒れてしまって、きらびやかな宮廷人たちの姿も幻のように消えた。おそらく草茂る人影さえない廃墟に立って見ると、大地の精霊たちの重たい沈黙の奥の心が聞こえて来るようだったのだろう。土地の神（精霊と言ってもよい）の荒廃を、あたかも心の声のように聞き取って、「うらさびて」と表現した。

中大兄皇子（天智天皇）が大和から近江に遷都した時には、額田王が大和の国魂の神である三輪山に別れを告げる歌を詠んだ。また後に大伴坂上郎女は、越中国守として赴任する甥の大伴家持のために、越中の国魂の神に、旅もし慣れぬ家持を庇護してくれるように祈る歌を詠んでいる。土地の神は、その土地に住んだり旅したりする人々を守るという考え方があり、その土地を離れる時にも丁重に祭られたのだろう。

神話的に言うと、朝廷は高天原から地上にやってきた天つ神の子孫だから、地上の国つ神に喜び迎えられなければ、そこに根を下ろすことができない。それは支配者である朝廷と土地の豪族との親和関係の象徴でもあった。歴史の古い大和の三輪山の神（大物主）などには、そうした土着勢力の象徴の意味が濃厚に出ていて、祟って朝廷を困らせた話も伝わる。

この歌の近江の国つ神は、しかしそうした高度な政治的な意味より、素朴な土地の精霊のように表現されている。「ささなみ」が枕詞でなく地名として用いられているのは、それがそのまま土地の神の名であるかのようだ。地霊の微かな声に耳を傾けながら、詠み手自身の心もうらさびていくような感じで、自然や風景に対する古代的な感性を想像させる。（森）

志貴皇子

采女《うねめ》の　袖吹き返す　明日香風
都を遠み　いたづ（ず）らに吹く
婇女乃　袖吹反　明日香風　京都乎遠見　無用尓布久　（巻一・五一）
〔采女の袖をひるがえす明日香の風は、今は都も遠く、空しく吹いているよ。〕

「明日香宮より藤原宮に遷居《うつ》りし後に、志貴皇子の作りませる御歌」という題詞がある。藤原京遷都は持統天皇の六九四年のこと。藤原京は初めての都市とされる。都市文化は地域を超える普遍性をもつもので、万葉集の大部分の歌が、その都市文化のなかで詠まれている。万葉集を、安易に庶民の生活感情を素朴にうたったなどという評価はやめたい。古代国家が確立してくる頃の歌だから、もっと誇らかな、美を求めるものでなければならない。

この歌は明日香を吹く風が采女の袖をひるがえしているあでやかな光景を、今はここは都でないので、見る者が少ないというようなことでいいと思う。しかし、それだけでなく、風は霊威を運ぶものだから、明日香の土地の霊が発動し、采女が袖で受け止めているということを含んでいるはずである。もちろん、天皇の宮を守る働きをする。しかし、都ではなくなったから、空しいという内容になる。

采女も単なる宮廷の下働きの女ではなく、もっと霊的なものにかかわる役割をしていたと考えたほうがいい。（古橋）

明日香の甘樫の丘の中腹にこの歌の歌碑（犬養孝氏揮毫）がある。この丘に立って明日香一円を眼下に眺めながら風の音に耳をすますと、この歌の趣きを理解することができる。今の明日香はひっそりとした村になった。その昔ここに宮廷があり、寺院が建ち、数々の文化的な施設や庭園が存在したとは思えない静けさだ。

采女は地方豪族の服属のしるしとして朝廷に出仕させられた女たちであるが、祭式的には、天皇を現人神としてそれに奉仕する巫女といった位置にある。出身地の地霊を背負って、それを天皇に奉るのである。いわば荒ぶる地方の野性と文化の宮廷との間に身を置き、それをつなぐ存在なのだ。都が遠のいて采女たちもすべて新しい都に移った。今は明日香にその影もない。この歌の明日香風は、やや荒く吹き荒れているのかも知れない。

万葉集には、明日香風のほかにも、泊瀬《はつせ》風・佐保《さほ》風・比良山《ひらやま》風・伊香保《いかほ》風など、土地の名をつけた風が登場する。今日の都会生活では忘れられた土地愛というものを感じさせるが、その源には、古橋評に言うような、風に地の霊を感じた古代感覚が存在したのである。（森）

大来皇女《おおくのひめみこ》

磯の上に　生《お》ふ《(う)》る馬酔木《あしび》を　手《た》折らめど

見すべき君が　ありと言は《(わ)》なくに　（巻二・一六六）

磯乃於尓　生流馬酔木乎　手折目杼　令視倍吉君之　在常不言尓

〔磯の上に生える馬酔木を手折りたいが、見せるあなたがいるというわけではないのに。〕

「大津皇子の屍を葛城の二上山に移し葬《はふ》りし時に、大来皇女の哀しび傷《いた》みて作りませる歌二首」という題詞があるものの二首目の歌である。大津皇子は、朱鳥元年（六八六）、謀反が発覚して死を賜ったという。大来皇女は大津皇子と同母姉。このすぐ前に、「大津皇子の薨《かむあが》りましし後に、大来皇女の伊勢の斎宮より京に上りし時に作りませる歌二首」が載せられている。後の歌だけ引いておけば、

見まく欲《ほ》りわがする君もあらなくに何しか来けむ馬疲るるに　（巻二・一六四）

という歌で、発想が似ている。さらに、相聞にも、

二人行けど行き過ぎ難き秋山をいかにか君が一人越ゆらむ　（巻二・一〇六）

という歌が載せられており、二人の関係がわかる。同母兄妹（姉弟）は恋愛関係が禁忌であるゆえ、よけい親密な関係をもった。姉妹は兄弟の霊的守護者のような位置にあった。沖縄のオナリ

神信仰と通じる。相聞は親子、兄弟姉妹間の歌も収められている。対の関係の歌と考えればいい。

馬酔木は遊びに通じるという吉田金彦の説がある。吉田は遊びを神遊びと考え、何らかの儀礼を想定している（『古代日本語を探る』）。そうだとすると、ただ美しいから馬酔木の花を手折ったというだけでなく、魂振りなどのために折ったと考えられる。（古橋）

姉の大来皇女、弟の大津皇子は天武天皇の子で、母は天智天皇皇女の太田皇女である。この人は若死にした。二人は同腹の姉弟である。大来皇女は天武天皇の在位中には斎宮《いつきのみや》（天皇の近親の女性で伊勢神宮に奉仕する人）として伊勢にあった。天武天皇が亡くなると、皇后鸕野皇女《うののひめみこ》（後の持統天皇）の腹に生まれた病弱な皇太子草壁皇子の競争者として、人望のある大津皇子が排斥の対象になった。謀反事件は皇后側の謀略とも言われる。古橋評に出た「二人行けど」の歌は伊勢へ訪ねてきた弟を送り返す時の歌、「見まく欲り」の歌は斎宮の任果てて帰京する時の歌である。万葉集に載せられた大来皇女の歌は、すべて弟との関係で詠まれている。

私の考えでは、古い時代には花は何の花でも神や死者や、遠く離れた所にいる恋人を呼び招いたり、面影をしのばせる力を持っていた。それゆえ人をしのぶ時は花を手にしてしのんだのである。ここもそうした気持ちで花を折って手にしているのだが、直接的に、それを見せる弟はもう帰っては来ない、と少し異なった詠み方にしたのである。（森）

柿本人麻呂

天地《あめつち》の　初《はじめ》の時　ひさかたの　天《あま》の河原に　八百万《やおよろず》　千万神《ちよろずがみ》の
神《かん》集ひ《（い）》　集ひ《（い）》座《いま》して　神分《かんあが》ち　分《あが》ちし時に
天照《あまて》らす　日女《ひるめ》の尊《みこと》　天《あめ》をば　知らしめすと
芦原《あしはら》の　瑞穂《みずほ》の国を　天地《あめつち》の　依《よ》り合ひ《（い）》の極《きわみ》　知らしめす　神の命《みこと》と
天雲《あまぐも》の　八重《やえ》かき別けて　神下《かんくだ》し　座《いま》せまつりし　高照《たかて》らす　日の皇子《みこ》は
飛ぶ鳥の　浄《きよみ》の宮に　神《かん》ながら　太敷《ふとし》きまして
天皇《すめろき》の　敷きます国と　天《あま》の原　石門《いわと》を開き　神あがり　あがりいましぬ
わご大君　皇子《みこ》の命《みこと》の　天《あめ》の下　知らしめしせば
春花《はるはな》の　貴《とうと》からむ《（ん）》と　望月《もちづき》の　満《たたわ》しけむ《（ん）》と
天《あめ》の下　四方《よも》の人の　大船《おおぶね》の　思ひ《（い）》頼みて　天《あま》つ水　仰《あお》ぎて待つに
いかさまに　思ほ《（お）》しめせか
つれもなき　真弓《まゆみ》の岡に　宮柱《みやばしら》　太敷《ふとし》きいまし　御殿《みあらか》を　高知りまして
朝毎《あさごと》に　御《み》言問《ことと》は《（わ）》さぬ　日《ひ》月《つき》の　数多《まね》くなりぬる

そこゆゑ《え》に　皇子《みこ》の宮人《みやびと》　行方《ゆくえ》知らずも　（巻二・一六七）

〔天地創造の初めの時に、〈ひさかたの〉天上界の天《あま》の河原に　たくさんの神々が、神々しく集い、お集いになって、神々しくお治めになる国を配分なさった時に、天照大御神が、ご自身は天をお治めになるとて、下界の芦原の瑞穂の国を、天と地が接する極みまで、お治めになる聖なる天子として、八重の天雲をかき分けて神々しくお降し申し上げた、天高く輝く日の皇子（天武天皇）は、〈飛ぶ鳥の〉浄御原の宮において、神々しく天下を統治なさり、この国は後々の天皇が統治する国だとして、高天が原の石門を開いて天上界に上られた。〈その後を継いで〉わが日並皇子様が天下を治められたら、春の花のように気高いことだろうと、秋の満月のように欠けるところなくおいでだろうと、天下諸方の人たちが頼みに思って、天の慈雨を仰ぎ待つように、その即位を待っていたのに、どのようにお思いになったゆえか、縁もない真弓の岡に、宮殿ならぬ殯宮をお建てになって、朝毎の奉仕にご命令もなさらぬ月日が多く重なった。それゆえに、皇子の宮に仕える人々は、途方に暮れているよ。〕

天武天皇の没後三年めの持統称制三年（六八九）、皇太子の草壁皇子（日並皇子ともいう）が、即位を果さずに、二十八歳で病死した。その皇子の殯宮《ひんきゅう》（本葬の前の一定の期間、遺体を安置して儀礼を行う斎殿）の期間に柿本人麻呂が詠んだ挽歌である。

「日女の尊」は天照大御神。「芦原の瑞穂の国」は日本の国の神話的呼称。「高照らす日の皇子」は天照大御神の子孫の天皇たちをいう。「浄の宮」は天武天皇の明日香浄御原の宮（「飛ぶ鳥の」は枕詞）。「真弓の岡」は明日香の西方の埋葬地。

前半は、父天武天皇をこの国土（芦原の瑞穂の国）に降臨して統治を始めた、半神話的な初代王（始祖）のように表現し、その初代王が後継者に後を委ねて崩じたことを詠んでいる。これによって後半に登場する皇子は、神話的に保証された正統の継承者、人皇第一代、と意味づけられたことになる。それゆえ皇子の殯宮が築かれたことも、縁もない真弓の岡にあたかも天皇としての宮殿が建ったように表現している。挽歌に特有の惜別の情の表現である。「朝毎に御言問はさぬ」の「御言問ふ」という語も、天皇が毎朝臣下を集めて号令を発する朝政を暗示している。

天武天皇が天降ったという表現は一見飛躍があるが、代々の天皇は、神話上天から降った迩々芸命と同資格・同体と考えられていたから、さして不思議なことではない。（森）

このような壮大な挽歌は人麻呂が作り出した。人麻呂は古代国家の確立期に必要とされた儀礼的な歌を作る役割をはたしたのである。ということは、それまでの死を悼む歌では鎮めえない霊魂という問題が生じたことを意味する。

挽歌の最初に位置づけられているのは、刑死した有間皇子の歌である。挽歌は異常死した死者の魂を鎮めるものとして始まった。それまでの死者を鎮める歌は、『古事記』に、ヤマトタケルの死の時の妻女がうたったとされる「大御葬式歌」が代々の天皇の葬儀にうたわれるとされているように、決まっていた。したがって、挽歌は、死者の魂がそのような同じ歌では満たされない個別性をもつと感じられたゆえに作られるようになったと考えられる。古代国家の確立により、個人の評価がなされるようになったのである。

この日並皇子挽歌も若死にという異常死を遂げた。しかし、このような宮廷儀礼歌は、そのような説明だけではすまないものを感じる。この挽歌の場合、日並皇子の性格、事績などを示す内容はないといっていい。森評が説明しているように、天武天皇を神話的に位置づけ、その子として位置づけられているのが特徴である。したがって、その神話的な位置づけによる壮大な天皇の系譜を詠んでいるといえる。

古代天皇制の安定は天皇の実子による継承を確立することであった。それまでは、天智と天武が兄弟とされているように、不安定であった。天武天皇、持統天皇はその実子相続を確立しようとした。実際、天武の皇統は桓武天皇の父光仁天皇が即位するまで続いた。光仁は天智系で、以降天智系の皇統になる。この挽歌は、そのようないわば政治的な動きと関係しているに違いない。

歌としての特徴は、その神話的な叙述と、最後の「皇子の宮人　行方知らずも」という収め方である。宮廷人たちが途方に暮れているということで、惜しまれて亡くなった皇子の魂を鎮めているわけだ。（古橋）

柿本人麻呂

天飛《あまと》ぶや　軽《かる》の路《みち》は　吾妹子《わぎもこ》が　里にしあれば　ねもころに　見まく欲しけど
止《や》まず行かば　人目を多《おお》み　数多《まね》く行かば　人知りぬべみ
狭根葛《さねかずら》　後《のち》も逢《あ》は(わ)む(ん)と　大船《おほふね》の　思ひ(い)憑《たの》みて
玉かぎる　磐垣淵《いわかきふち》の　隠《こも》りのみ　恋ひ(い)つつあるに
渡る日の　暮れぬるが如《ごと》　照る月の　雲隠る如《ごと》
沖つ藻の　靡《なび》きし妹《いも》は　黄葉《もみちば》の　過ぎて去《い》にきと
玉梓《たまずさ》の　使《つかい》の言へば　梓弓《あずさゆみ》　声《おと》に聞きて
言《い》は(わ)む術《すべ》　為《せ》む(ん)すべ知らに　声《おと》のみを　聞きてあり得《え》ねば
わが恋ふ(う)る　千重《ちえ》の一重《ひとえ》も　慰《なぐさ》もる　情《こころ》もありやと
吾妹子《わぎもこ》が　止《や》まず出で見し　軽《かる》の市《いち》に　わが立ち聞けば
玉襷《たまだすき》　畝傍《うねび》の山に　鳴く鳥の　声《こえ》も聞こえず
玉桙《たまほこ》の　道行く人も　一人だに　似てし行かねば
すべを無み　妹《いも》が名呼びて　袖《そで》そ振《ふ》りつる　（巻二・二〇七）

〔〈天飛ぶや〉軽の地はいとしいあの人の里なので、あまさず見たいけれど、
絶えず行くと人目が多いので、しばしば行くと人が知ってしまうだろうと、
〈狭根葛〉後で逢おうと、〈大船の〉頼みにして、
〈玉かぎる　磐垣淵の〉隠ってばかりいて、恋しく思っていると、
渡る日が暮れてしまうように、照る月が雲に隠れるように、
私に〈沖つ藻の〉靡いていたあの人は、この世を〈黄葉の〉通り過ぎていったと、
〈玉梓の〉使がいうので、〈梓弓〉上の空で聞いて、
どういっていいかわからず、どうしていいかわからず、聞いたままでいられず、
私の求める気持ちを少しでも鎮めることができるかと、
いとしいあの人がいつも出て見ていた軽の市に、私も立って聞くと、
〈玉襷〉畝傍の山に鳴く鳥の声も聞こえず、
〈玉桙の〉道を行く人も誰もあの人に似ている人さえいず、
どうしようもなく、あの人の名を呼んで、袖を振ったことだ。〕

口語訳が意外にむずかしい。七行目の「声に聞きて」は「一云はく、声のみ聞きて」とある。声だけが聞こえて意味がよく理解できないということだろう。それで、上の空で聞いていたと訳してみた。しかし、八行目でまた「声のみを　聞きてあり得ねば」とある。「聞いたままでいられず」と訳してみたが、じっとしてはいられないという感じである。そう訳したほうがいいが、

なるべく原文を活かしたいと思った。九行目の「慰もる　情もありや」は、心がいとしい人への想いでいっぱいだが、その心に少しでも慰めの気持ちが起こるようにということだと思う。

　十一行目の鳥の声が聞こえないことと、十二行目の似た人が誰もいないという対の形がよくわからない。いつもは聞こえる鳥の声も聞こえないくらい気持ちが亡き人への想いでいっぱいだというのに対するのだから、似ているが誰もいないというのは変だ。「似てし行かねば」も、いつもと違って見える光景をいっているのではないか。「一人としていつもと同じではないので」と訳すこともできると思う。といっても、いとしい人が生きているのではと探してしまうのはありうる。探したが似た人さえいなかったという感じである。そうやって死を確認したと考えればいい。最後の「妹が名を呼びて　袖そ振りつる」は鎮魂の習俗である。

　この歌は人麻呂が妻を亡くして嘆き悲しんで作ったと題詞にある。妻といっても、この長歌では、人目を避けて逢っているから、恋人関係である。ところが、長歌がもう一首あって、そちらは、二人の間に子供がいたことがわかる。ということはこちらは夫婦関係となる。「吾妹子と二人わが寝し　枕づく　嬬屋《つまや》の内に　昼はも　うらさび暮らし　夜はも　息づき明かし（いとしいあの人と二人で寝た寝室で、昼は寂しく過ごし、夜は切なく明かし）」（巻二・二一〇）とあるから、同居しているとみていい。すると、二つの長歌は恋愛中と結婚後の違う時期の妻の死をうたっていることになる。違う女と考えてもいいが、それより、この歌は、恋愛をしている時と、結婚している時の二つの時期に相手を失った場合を想定して作った歌と、私は考えている。人麻呂は宮廷歌人として、大宮人をたのしませるために歌を作ったのである。

それにしても、嘆きの気持ちがよく表現されている。だからこそ、創作だといえるかもしれない。実際に恋人や愛する妻を亡くして、こんなにうまく気持ちが表現できるものだろうか。その辺は編者もわかっているようで、「妻死りし後に」作ったと、死の直後ではない感じを匂わせている。（古橋）

古橋評に言うとおり、この歌は作り物であろう。人目を気にして逢えぬ間に相手が死ぬというのも、考えようによっては相当に劇的だし、それを聞いて相手の家に駆けつけることも許されずに、面影を求めて軽の市をさまようというのも、今風に言えばいかにも演歌的だ。舞台の軽の里は、古事記・日本書紀に近親婚の罪を冒して流罪になり、流された先で心中した木梨軽《きなしのかるの》太子《みこ》と木《きな》梨軽大郎女《しのかるのおおいらつめ》の兄妹（允恭天皇の子）の物語と一致している。人麻呂は、創作に当たり悲恋にふさわしい場所として、この兄妹物語の舞台と同じ場所を選んだと想像される（金井清一説）。

木梨軽太子は捕らえられた折、自分のために不幸にしてしまった妹を憐れんで、次のような歌を詠んでいる。

天飛《あまだ》む　軽の娘子《おとめ》　いた泣かば　人知りぬべみ　波佐《はさ》の山の　鳩の　下泣《したな》きに泣く

軽の乙女は、激しく泣いたら人に知られてしまうので、波佐の山の鳩のように、しのび声で泣くよ、という歌である。状況がよく似ている。「天飛ぶや　軽の路は」という冒頭も、この軽太子の歌の「天飛む軽の娘子」をまねたものでもあろう。

そのような比較に立脚して見ると、この人目を気にして通っても行けぬ間柄の二人は、当時の一般の恋人が人目をしのんだという程度のものでなく、何らかの理由で世間に許されぬ間柄にあった特殊なものであり、女の方はそれに対する世間の目を気にし、また自分たちの将来をも悲観して、身を弱らせたのかも知れない。

ついでにもう一つ付け加えると、男は軽の市で、一人として妻に似た人が歩いて行かない、と言っているが、これも物語のパターンであったと思われる。似る人とは妻の再来、よみがえりを意味している。源氏物語では、桐壺帝や薫大将など愛する女に先立たれた男が、死んだ妻と瓜二つの人を見て心引かれる。古代には、死者の霊がよみがえるという信仰があって、それを物語化すると、似る人に逢うという語り口になったのだろう。

河風の寒き泊瀬を嘆きつつ君が歩くに似る人も逢へや（巻三・四二五）

という歌もある。妻を亡くした男に同情した歌である。泊瀬の妻の家の辺りを君が歩いても、似た人に出逢うこともないだろう、と言っている。

こんなふうに考えてくると、この歌は日本古典の恋物語の太い鉱脈に繋がっていると言えてくる。許されぬ恋は、伊勢物語の昔男と二条の后、源氏物語の光源氏と藤壺女御などにも見え、中世の語り物や近世の浄瑠璃・歌舞伎にも多い。（森）

コラム④
## 万葉集と季節

一年を四季に分けることは万葉集の時代以前に中国から伝わってきていたが、万葉集には、季節の始まりを「立つ」「さる」と言った例が、「秋立てば」「春さり来れば」など春と秋に限って現れ、不思議に夏・冬には現れない。春と秋の到来をことに喜ぶ意識が強く、またその二期の始まりを時の折り目として強く意識していたようである。あるいは四季という区分の前に、春からの半年と秋からの半年とに分ける二季観が存在したのかも知れない。

春・秋を対比したり、春秋の景を対句風に詠んだりすることは、古い時代から行われたが、夏や冬も含めて繊細な季節感を詠む歌は奈良時代に入って本格的になる。都市の成立が美しい自然への意識を成熟させたのである（古橋信孝著『古代都市の文芸生活』〈大修館書店〉参照）。

万葉集の季節は過ぎるのを惜しむよりも到来を喜ぶかたちで詠まれる傾向が強い。古代の祭式的な季節感覚が残っているからだろう。新しい季節の到来はめでたいことで、歓待されたのだ。古今集以降になると、季節を移ろい行くものとして惜しむ傾向が強まる。特に桜の散るのを惜しむ歌が多くなるが、万葉集にはさほど見えない。春は鶯と梅、夏はほととぎすとあやめ（または橘・卯の花）、秋は鹿と萩、雁と黄葉《もみじ》など、動植物の取り合わせを詠む歌が多い。季節を楽しむ宴席の歌などでは、それら季節の動物の声や植物の開花が、あたかも宴の客のように歓迎されたからである（森朝男『古代和歌の成立』〈勉誠出版〉参照）。（森）

柿本人麻呂

淡海《おうみ》の海《うみ》　夕波千鳥《ゆうなみちどり》
汝《な》が鳴けば　情《こころ》もしのに　古《いにしえ》　思ほ(お)ゆ　（巻三・二六六）

淡海乃海　夕浪千鳥　汝鳴者　情毛思努尓　古所念

〔近江の海の夕波に漂う千鳥よ、おまえが鳴けば、心も沈んで昔のことが思われることよ。〕

琵琶湖は淡水なので、「淡海の海」という場合が多い。歌言葉である。「夕波千鳥」を夕波に漂う千鳥と訳したが、夕波の上を飛んでいるのかもしれない。「情もしのに」の「しの」は忍ぶなどと同根の言葉で、悲しみなどで心がしっとりした状態を意味する。

「古」とはやはり天智天皇の都大津の宮の繁栄した昔のことだろう。前に、人麻呂の近江荒都歌を、さらに高市黒人の旧近江京の歌をあげていた。

この歌の表現としての中心は「夕波千鳥」にある。たった七音二語で、夕暮れ時のあかね色に染まった湖に漂う千鳥を思い浮かべられる。そして、なんとも調子がよく、しかも哀感が漂う。「古思ほゆ」と、思い出をはっきりさせていないことと呼応して、旧都に限定されない過去への想いの表出に感じられる。それゆえ、センチメンタルとすれすれのところまで表現をもっていっている。（古橋）

鳥は飛ぶことができるから、遠くの人との間にメッセージを交換する時のメッセンジャーと考えられた。伊勢物語の東下りの段で、「昔男」が隅田川で都鳥に、京に残してきた恋人の消息を尋ねるのもその例である。

天飛ぶや　鳥も使ぞ　たづ《ず》が音の　聞えむ《ん》時は　我が名問は《わ》さね

と、流罪になって流されて行く人が妻に向けて詠んだ例が古事記に見える。「たづ」とは鶴のこと。鶴の鳴き声が聞こえたら、私の名を言って消息を尋ねてみろ、というのである。鶴はとりわけメッセンジャーとして歌によく出る鳥である。それを万葉集では「たづ」と言い「つる」とは言わない。「たづ」は、尋ねる・たどる・たどたどしい、などのタヅ・タドと関係のあることばだろうと思う。しかし鶴に限らず他の多くの鳥もメッセンジャーになった。

それらの鳥はまた死者の国とも往来できるとさえ考えられた。この歌の千鳥の鳴き声は亡くなった近江朝時代の人々のあの世からのメッセージなのかも知れない。だからそれを聞いて「情《こころ》もしのに」昔や昔の人たちを思い出したのである。「情もしのに」の「しの」は、心が萎（しな）えて沈むことである。死者の霊の声が耳にとどいた時などはそうした心になるのだろう。もう少し前の時代だったら、聞いている者にとってそれは危険なことだという意識もあったろう。この歌もそれを少しとどめているかも知れない。夕方である点も、霊の発動しやすい時を表している。夕方の寂しさを詠む歌は後世にも多いが、その源には、そういう古代の心性が存在したのである。（森）

大津皇子

百伝《ももづた》ふ（う）　磐余《いわれ》の池に　鳴く鴨《かも》を
今日のみ見てや　雲隠《くもがく》りなむ（ん）　（巻三・四一六）

百伝　磐余池尓　鳴鴨乎　今日耳見哉　雲隠去牟

〔〈百伝ふ〉磐余の池に鳴いている鴨を、今日を限りと見て、私は雲の向こうに去るのだろうか。〕

「大津皇子の被死《みまか》らしめらえし時、磐余《いはれ》の池の陂《つつみ》にして涕《なみだ》を流して作りませる御歌」という題詞がある。大津皇子が亡くなる際の同母姉の大来皇女の歌を先にあげている（一三八ページ）。いわば不本意の死だった。

この世に対する執着を、池に浮かぶ鴨をもう見られないと表現している。題詞に磐余の池の畔で涙を流して作ったとあるのは一種のリアリズムである。死ぬ前に執着としてあらわすものは、ほんとうは何でもいいような気がする。目に映るものがこの世を象徴するのだろうか、あるいはただ心に浮かんだものだろうか。死ぬ前に、私は何を浮かべるだろうかと、ふと考える。

「雲隠る」は死ぬの雅語、歌語だが、ヤマトタケルの魂が白鳥となって飛んでいったように、魂は遙か彼方に飛んでいくという観念を考えたい。死者の世界は異郷にある。鴨を詠んでいるのも、異郷とこの世を往復する渡り鳥だとも考えられる。そう考えると、今、池にいる鴨が雲の向こうに飛ぶという像と、自分のことが重ねられていると読める。それでも、私は歌がそういう方向で詠まれているからそう読めるだけで、死ぬ前に、この世への執着を象徴するものは何であってもよかったと思う。（古橋）

大津皇子事件は、天武天皇の没後、その皇子の一人である大津皇子の、異母兄弟の皇太子草壁皇子に対する謀反の企てが発覚して、罪に問い処刑した事件である。歴史家たちは、我が子草壁皇子の安泰な即位を守るために、皇后（後の持統天皇）が仕組んだ策謀であろうと見ている。奈良時代の漢詩集『懐風藻』には大津皇子の「臨終」という詩が見える。これも死罪と決まった時に詠んだものである。

金烏《きんう》西舎に臨《て》らひ　鼓声短命を催《うなが》す
泉路賓主無し　此の夕家《ゆうべ》を離《さか》りて向かふ

金烏は太陽。鼓声は夕刻を告げる鼓の音。太陽が西の殿舎を照らし、夕方の時を知らせる鼓の音が短い命をさらにせき立てる。黄泉《よみ》への道には客もそれを迎えるあるじもない。この夕方一人家を離れて旅立つのだ。

歌も詩も、この世に別れて死出の道に旅立つ心を詠んでいる。近藤信義氏が言うとおり「雲隠り」は天上の雲でなく、遠景の山にかかるものだろう。死者は旅人なのである。（森）

柿本人麻呂

八雲《やくも》さす　出雲の子らが　黒髪は
吉野の川の　沖になづさふ(う)　（巻三・四三〇）

八雲刺　出雲子等　黒髪者　吉野川　奥名豆颯
〔〈八雲さす〉出雲娘子《いずものおとめ》の黒髪は、吉野川の川中に漂《ただよ》っているよ。〕

柿本人麻呂が、吉野川で溺れ死んだ出雲娘子《いずものおとめ》という人を憐れんだ歌。「八雲さす」は枕詞。「なづさふ」は、水中に漂う。出雲娘子は出雲国または出雲氏出身で宮廷に仕えた女官か。「沖」は川の岸辺から離れた中の方。許されぬ恋に落ち、吉野川に身を投げたのだろう。あるいはそういう伝説があって、伝説上の乙女を歌によって語り伝えたものの断片かも知れない。

黒髪が水中に漂うという表現は、多分川藻のなびきからの連想だろう。もしこれが伝説を詠んだものなら、吉野川の川藻は、死んだ娘子の黒髪が変化したものだ、というういわれが、現地で語られていたのだろう。あるいは人麻呂のこの歌がきっかけになって、そういういわれが生まれたということであろう。人麻呂の歌には、男になびいて共寝する女の姿を、「玉藻《たまも》なす寄り寝し妹《いも》」などと表現した歌が見える。

また平安時代の『大和物語』には、奈良の帝《みかど》に仕える采女《うねめ》（地方から宮廷に出仕した女官）が猿沢の池に身を投げて死んだので、帝と人麻呂が憐れんで歌を詠んだ、という物語が見える。その時の人麻呂の歌は次のとおりである。この歌の影響が認められる。

我妹子《わぎもこ》が寝くたれ髪を猿沢の池の玉藻と見るぞかなしき　（森）

古く女の入水伝承があったと思う。二人の男に愛され、どちらかに決めかねて入水自殺した葛飾の真間の手児奈の話（巻九・一八〇七、八）もある。だから、森評にあるように、この出雲娘子も入水自殺したと思われる。そして、これも森評が引いている『大和物語』の猿沢の池に入水した采女の伝承も、そういう伝承の広がりをみせている。『源氏物語』の浮舟につながっていく。

ただ、この歌で気になるのは、「吉野川の沖になづさふ」で、それほど広くもない吉野川に沖という言い方をするかである。それに沖なら、藻が漂うのは見えないのではないか。というわけで、この歌も事実を詠んでいるようには思えない。

河辺宮人の「姫島の松原に嬢子《をとめ》の屍《かばね》を見て悲嘆して作れる歌」（巻二・二二八、九）もあり、これも漂着死体だろうから、入水した女の死体が海まで流されていく伝承があったのではないかと想像してしまう。『日本書紀』斉明天皇条に、孫の夭逝した建王を悼む斉明の歌が載せられており、異常死の死者は海まで流されて行くという観念があったことが確認できる。

この河辺宮人の歌は和銅四年（七一一）の作である。人麻呂の時代に近い。（古橋）

大伴旅人

人もなき　空しき家は
草枕　旅にまさりて　苦しかりけり　（巻三・四五一）

人毛奈吉　空家者　草枕　旅尓益而　辛苦有家里

〔いとしい人のいなくなった家は、〈草枕〉旅よりむしろ苦しいことだ。〕

大伴旅人は大宰府の長官として赴任中に、同行した妻を亡くした。同じ巻三に、「神亀《じんき》五年（七二五）戊辰、大宰帥大伴卿の故人を思恋《しの》へる歌三首」（四三八～四〇）があり、後の二首に「右二首は、近く京に向ふ時に臨《な》りて作れる歌なり」という左注がついている。その二首目は、「京《みやこ》なる荒れたる家に一人寝ば旅に益《まさ》りて苦しかるべし」で、大宰府を出発する際と、家に着いてからと呼応する歌を詠んでいることになる。したがって、この歌は、出発する前の歌を重ねて、京に着いてみたが、やっぱりつらいという気持ちを詠んでいると読み取るべきことになる。

さらに、帰京の旅の途中の歌も巻三に載せられている。「天平二年（七三〇）庚午。冬十二月に、大宰帥大伴卿の京に向ひて上道《みちだち》せし時に作れる歌五首」（四四六～五〇）もある。「妹と来し敏《みぬ》馬《め》の崎を帰るさに独りし見れば涙ぐましも」（四四九）のように、亡くした妻を思い出しながらの旅だったようだ。この一連に続けて、あげた歌があるわけだ。

この歌の次は、「妹として二人作りしわが山斎《しま》は木高く繁くなりにけるかも」（四五二）と、京の家も亡き妻との思い出でいっぱいみたいだ。

このように、大宰府を出発するあたりから旅の途中、そして家についてからと妻を亡くした歌が残されているのは、記録があったからに違いない。たぶん、日記に記していた。このモチーフは、土佐で亡くした子を思いながらの帰京の旅を書いた、紀貫之『土佐日記』に受け継がれることになる。（古橋）

万葉集の旅の歌を詠んでいくと、「家」ということばはしばしば「旅」の反対語の位置にあるのに気付かされる。ここもそうだ。旅というものが、現代とは違って苦しいものであり、心を不安定にさせるものであったのに対し、家は安らかな所であったのだろう。家はまた家族とともに生活する場所でもあり、旅は家族と離れた寂しい生活の時を意味する。そういうことが下敷きになってこの歌の詠み方ができてきている。最も近しい者を失った詠み手にとっては、ようやく心が安らぐはずの家に帰ったものの、旅以上のつらい生活が続くように思われたのだ。

また「旅」とは旅路を行くことばかりでなく、京から地方に赴任する人、あるいはそれを送り出す人の歌を見ると、赴任の全期間を「旅」と呼んでいる。この歌の「旅」もしたがって大宰府にあった全期間をさしているのだ。（森）

山上憶良《やまのうえのおくら》

妹《いも》が見し　棟《おうち》の花は　散りぬべし
わが泣く涙《なみた》　いまだ干《ひ》なくに　（巻五・七九八）

伊毛何美斯　阿布知乃波那波　知利奴倍斯　和何那久那美多　伊摩陀飛那久尓

〔妻が生前見た棟《おうち》の花は、散ってしまいそうになっている。私の泣く涙は、まだ乾かないのに。〕

山上憶良は、大伴旅人と同じ頃、筑前《ちくぜん》国の国守として九州に来ていた。旅人が妻を亡くした時、旅人と親しかった憶良は、それを慰めようとして二種類の作品を作って贈った。一つは序文を付した漢詩で、人の生のはかなさと浄土への往生を願う死者の心を述べる。いま一つはこの歌を含む五首の反歌を添えた長歌で、残された夫の嘆きを詠む。二つが相まって、伝統的な挽歌だけでは表現し尽くせない無常観や、現世を穢土として厭う進んだ死生観を表現している。

この一首は妻を失った悲しみはまだ一向に変わらないのに、季節はどんどん移っていくと、とり残されたような寂しさを詠んだものだ。柿本人麻呂は妻の死に際し、

去年《こぞ》見てし秋の月夜《つくよ》は照らせども相見し妹《いも》はいや年さかる　（巻二・二一一）

と、変わらぬ自然に対し変わりやすい人の世を比べているが、この歌は逆である。これもまた万

象流転するこの世のあわれを、表現していると言えるかも知れない。楝《おうち》は初夏に青紫のみずみずしい花を咲かせる木で、俗称せんだんともいうが香木とは別。涙は「なみた」とも言った。（森）

森評を読んで思い出すのは、在原業平の、

月やあらぬ春や昔の春ならぬわが身ひとつはもとの身にして　（古今　巻一五・七四七）

である。やはり自然は変わるのに、自分の心が変わらないことを詠む。繰り返しによりなる歌で、「心余りて言葉たらず」という古今集仮名序の業平評がわかる歌だが、業平の歌はこのように繰り返しが多く、口誦的なところがあるのが特徴である。

この業平の歌より憶良の歌は安定感があるし、具体的な感覚がよくあらわされていると思う。こういう歌があるのは、自然と人が同じように動いているという関係を基本にするなら、そういう関係が不安定になっている状況を示しているとみていい。無常観は古来の感じ方と似通ったところがありながら、人を個体としてみる発想を持ち込んだ。それゆえ、個人からみれば、人は変わるが自然は変わらない、自然は変わるが人は変わらない、人も自然も変わるのどれでも成り立つ状況が導かれたのである。

憶良の歌の安定感と述べたのは、スタイルとして挽歌らしい作り方をしているからである。万葉集の終わりから百年後の業平の歌は、そういう安定した歌が作れなくなっている状況にあるのである。（古橋）

麻田陽春《あさだのやす》

朝霧の　消《け》やすき我《あ》が身
他国《ひとくに》に　過ぎかてぬかも　親の目を欲《ほ》り　（巻五・八八五）

朝霧乃　既夜須伎我身　比等国尒　須疑加弖奴可母　意夜能目遠保利

〈朝霧の〉消えやすいわが身といっても、異郷では死にきれないことよ。親にあいたくて。〕

「朝霧の」は「消ゆ」を喚び起こす枕詞とみていい。朝霧のように消えやすいと解すると、人間中心の発想になる。そうではなく、まず朝霧が消えるという自然現象があって、そこから自分の命が消えると連想される。あくまでも自然現象が先で、それによって心が喚び起こされるわけだ。夕に結び、朝に消える「朝露」も同じように使われる。

この歌は大伴君熊凝《くまこり》の悲劇をうたう歌である。熊凝は、肥後国（現在の熊本県）の人で、十八歳の時、相撲使の従者として京に上る途中、病で亡くなったという（八八六の題詞）。

この歌は、旅にある者が親のことを思うという珍しい表出をしている。防人歌を除いて、旅の歌では妻、恋人を思うのが普通である。旅に出た場合はそういうふうに歌に詠むという文化の型として確立していた。そういう都の文化、歌に対して、この九州の男、そして東国の防人は親を詠んだ。家人の健康を管理し、安全を祈るのは主婦の役割から、若い男は母を詠むのが当然である。都の歌は旅の雰囲気を美的にとらえて一律に妻、恋人にした。

熊凝の話を題詞として詳しく書いたのは山上憶良である。たぶん、この歌も憶良が記したものを資料にしている。憶良は事実に関心をもっていた。（古橋）

古橋評に紹介されている相撲使《すまいのつかい》大伴君熊凝の旅中死を巡っては、大宰府の大典（文書官）であった麻田陽春《あさだのやす》が歌を詠み、山上憶良がそれに答える漢文序付きの長歌を詠んでいる。これは陽春の歌二首の中の一首。陽春は百済系の渡来人で、『懐風藻』に漢詩が一首伝わる。

万葉集で親子の情愛を詠む歌は山上憶良周辺と防人《さきもり》（東国から集められ九州北辺の防備に当たった兵士）らの歌に偏在している。またこの歌群では憶良の歌に至って、旅に死ぬ熊凝が、親に看取られずに死ぬ自分の不幸とともに、後に残して死ぬ父母を気遣う心を詠んでいて注目される。防人歌にも父母を後に残して任地に旅立つ気遣いを詠んだ歌が見える。これらはきわめて特異なもので、あるいは儒教の説く孝の思想を教養的背景にしてできてきた歌かも知れない。防人歌は東国出身の兵士の歌であるが、選ばれて国防の任務に就く者たちに特にそうした心を詠ませる規制がはたらいていた可能性もある。

この歌は父母への気遣いまでは詠んでいないが、感情としてより自然な母への思慕だけでなく、「親」という語を用いて父をも含めるところに、それに近いものがある。（森）

秋山の　黄葉《もみち》あはれ（わ）び
うらぶれて　入りにし妹は　待てど来まさず　（巻七・一四〇九）
秋山　黄葉怜　浦触而　入西妹者　待不来
〔秋山の黄葉に魅せられて、心もうらぶれて山に入っていったあの人は、待っていてももう帰って来ない。〕

人麻呂の「秋山の黄葉を茂《しげ》み迷ひ（い）ぬる妹を求めむ（ん）山道知らずも」（巻二・二〇八）と同じ発想の歌である。死ぬと魂が山に行くと考えられていたゆえに成り立つ発想である。その山に行った理由を、黄葉のあまりの美しさに魅せられたと詠むのである。人麻呂の歌は、そうして山に行ってしまった恋人を探しに行こうにも道がわからないと詠み、この歌は、帰るのを待っていても帰らないと詠む。人麻呂の歌のほうが、探しに行く道がわからないというだけ求める気持ちが積極的な感じがするが、いくら帰りを待っても戻らないとうたうのは、喪失の悲しみが長く続いていることを表出しており、どちらがいいとはいえない。ともにいい歌と思う。

といって、死を黄葉に魅せられて山に迷い込んでしまったと詠むのは美的に過ぎる気もしないでもない。喪失感としてどうだろうか。しかし、黄葉は秋も終わり死の季節である冬の到来を告げるものだと考えれば、黄葉に魅せられること自体死と繋がっていることになる。

木の花咲くや姫を妻にし、姉の石長姫《いわながひめ》を妻にしなかったから、天皇は永遠の命をもてなかったという神話があるが、美を求めることが死と繋がるという感じ方が古くからあったようだ。この歌と人麻呂の歌はそういう神話と通底しているのではないか。（古橋）

巻七の挽歌の部にある。それゆえ秋山へ入って行った妻は、当時の山中他界の観念によって死者の国へ赴いたことを意味し、死者の像の通例として「うらぶれて」入って行ったのである（次頁の歌の古橋評参照）。秋山の黄葉の怪しい色彩に幻惑され、生きた魂をそれに吸われてしまったようにうつつない状態で、妻は誘われて行ってしまった。

その様を表現する「黄葉あはれびうらぶれて」という表現は、古代の人の死出の旅の心象がどんなものであったかを、よく表していて驚かされる。実にすごい表現だ。人麻呂の歌の、黄葉が繋っているので迷い込んだ、という表現よりも、古代人の心性をずっとよく表していて、私はこちらの歌の方が良い歌だと思う。

さらにその妻が、黄葉の色が衰える時期になったら、その幻惑から解かれて正気に返り、山からふいと戻ってくるのではないかと待つけれど、遂に報われぬ、という詠み手の側を表現する下句も良い。死者が再び帰って来ることがあるかも知れない、と諦めきれぬ思いで、いつも山の方を見ている。そう信じているいじらしさにも泣かされる。（森）

里人の　われに告《つ》ぐらく
汝《な》が恋《こ》ふ（う）る　愛《うつく》し夫《つま》は
黄葉《もみちば》の　散りまがひ（い）たる　神名火《かんなび》の　この山辺から
ぬばたまの　黒馬《くろま》に乗りて　川の瀬を　七瀬《ななせ》渡りて
うらぶれて　夫《つま》は逢ひ（い）きと　人そ告げつる　（巻十三・三三〇三）

〔里人が私に告げるには、
「あなたの恋するいとしい夫は、
黄葉の散りまがう神名火の、この山辺を通って、
〈ぬばたまの〉黒い馬に乗って、川の浅瀬をいくつも渡って、
うちしおれたようすで、私らにひょっこり出逢った」と告げることだ。〕

「愛《うつく》し」はいとしい。「夫《つま》」は夫のこと。上代では妻も夫も「つま」という。「神名火《かんなび》」は神域（神の住む所）の山や森をいう。「夫（つま）は逢ひき」は語り手である里人が逢った相手を主語にして、「夫は（自分たちに）出逢った」と表現している。このように相手を主語にする「逢ふ」は偶然の出逢いを表す。

　この歌は巻十三の「相聞」部にあり、次のような反歌がついている。

聞かずして黙然《もだ》もあらましを何しかも君が正香《ただか》を人の告げつる　（巻十三・三三〇四）

「聞かずに平静な状態で居たかった。どうして里人はあの人の様子を私に告げたのだろうか」といった歌である。反歌を参考にしてこの長歌を理解すると、永く訪ねて来ない夫が近くまで来ていると、里人が詠み手の女を慰めようとして告げたのだろう。反歌の方からは、それを聞いてますます恋しさがつのって女が苦しんでいる様子が読み取れる。何だか訳ありの恋仲のように見えてくる。どうも里人の知らせは慰めのためのもので、真実ではないかのようだ。それにしても夫はなぜ「うらぶれて」やって来るのか。またなぜ、川の瀬をいくつも渡ってくる、ということを言うのだろうか、その辺がよく分からない歌だ。あるいは周囲に反対されて、夫もなかなか訪ねられず苦しい心で妻を恋しているか、または夫がわけあって遠方へ出かけなかなか帰れないでいるか、といった事情にあるのかも知れない。相聞歌として解読すれば、そんなことが考えられる歌である。

しかしこの歌は、本来相聞歌でなかったものを転用して相聞歌として歌い継いで来たか、あるいは編者が相聞歌と見なしてしまった歌なのかも知れない。詳しくは古橋評に譲る。（森）

この歌は「里人のわれに告ぐらく」と始まり、「人そ告げつる」で終わるから、その間は里人の言葉である。つまり、里人のことばだけで成り立っていることになる。こういう歌はどういう場合のものだろうか。居駒永幸氏はこの歌は挽歌ではなかったかといっている。「黒馬」に乗るというのも特殊だし、「川の瀬を　七瀬渡りて　うらぶれて　夫は逢ひき」というような言い方は、尼理願の挽歌の、「佐保川を　朝川渡り　春日野を　背向《そがい》に見つつ　あしひきの　山辺をさして　くれくれと　隠《かく》りましぬれ」（巻三・四六〇）などと通じ、死者がこの世からあの世に向かう道中をうたうスタイルではないかというのである。

私もそう思っている。というのは、死者は近しい者ではなく、他人に確認してもらうことによって諦められるのではないかと考えているからである。身近な者の死はなかなか諦められるものではない。そして、死者に捉われていることは、その人の生命力を弱める。つまり、この歌は他人が、夫は確かに死者の世界へ向かっていったと告げることで、夫を諦める歌なのである。里人の言葉だけで成り立っているのも、どのように向こう側の世界へ行ったかを語る里人の死者語りのようなものだからと思われる。

旅の歌だとすると、「うらぶれて」が不吉だ。死者がこの世から去りがたい想いを抱いていると考えればわかる。

巻十三は伝承的な歌を載せているから、混乱はありうる。（古橋）

コラム⑤

## 枕詞・序詞はどのようにして生まれたか

和歌には枕詞というものがある。「山」と言うのに「あしひきの山」と言い、「大和」と言うのに「そらみつ大和」「そらにみつ大和」と言う。その「あしひきの」「そらみつ」「そらにみつ」が枕詞で、掛かる下のことば（被枕《ひまくら》）は決まっているが、中には音《おん》や意味の似た別のことばに、応用して掛けられる場合もある。多くは五音だが、古いものには四音のものもある。

枕詞の起源は、地名や神名を讃えて言う古い呪文風の詞章にある。例えば日本の国の古い国名「瑞穂《みずほ》の国」は、古詞章には「豊芦原《とよあしはら》の千秋《ちあき》の長五百秋《ながいおあき》の瑞穂の国」などと言ったようだが、それを縮めて断片にして「芦原の瑞穂の国」と言ったとき、「芦原の」が「瑞穂の国」の枕詞のようになってくるのである。そもそも歌の起源はこうした古詞章にあると言える。それゆえ枕詞のような、意味も分かりにくくなった古語が歌には用いられ、それが日常のことばとは異なる風格を歌に与える働きをしたのである。

万葉集の時代になると、古い枕詞を改作したり、新しい枕詞を作ることも行われる。例えば柿本人麻呂は「そらみつ」を「そらにみつ」と五音に整え、大伴家持は「難波」の枕詞として、「おしてる」に換えて「芦が散る」を新作した。

序詞も同様に古詞章の一部に起源を持つ。その下に新しい歌句を接合して、古詞章とは異なる新しい詞章（歌）を生み出したのである。（森）

# 6

# 人生

大伴旅人

この世にし　楽しくあらば
来《こ》む《（ん）》世には　虫に鳥にも　われはなりなむ《（ん）》

（巻三・三四八）

今代尓之　楽有者　来生者　虫尓鳥尓毛　吾羽成奈武

〔この世で楽しく過ごせれば、来世では虫にも鳥にも、私はなろう。〕

「讃酒歌十三首」の一首。「古《いにしへ》の七《なな》の賢《さか》しき人どもも欲《ほ》りせしものは酒にしあるらし」（巻三・三四〇）という一首もあり、中国の竹林の七賢が酒飲みだったことからこの十三首を作った。竹林の七賢は、酒ばかり飲んでいたわけではなく、この世にこだわらない態度をもっていた。そういう態度を、大伴旅人は魏晋南北朝期の小説『世説新語』などで読んだと思われる。そして、共感してこれらの歌を詠んだ。というのは、これらの歌は万葉集ではとても珍しいものだからである。こういう態度が定着していたとは思われないのだ。文学は四書五経のように正統的な漢籍類より、むしろ小説（本来は取るに足りないつまらない説の意）類の影響を受けている。

来世で虫や鳥になってもかまわないという考え方は、仏教の畜生道だろう。こういう発想の歌も万葉集にはこの一首だけである。旅人は読書人だったと思われる。

「生ける者つひ《（い）》にも死ぬるものにあればこの世なる間は楽しくをあらな」（巻三・三四九）とい

う一首もある。これらは歌として工夫しているようではなく、思い浮かぶままに詠んだと思われる。たぶん、酔っぱらって詠んだのではないか。だからといって、旅人が大酒飲みかどうか、酒好きかどうかはわからない。（古橋）

この歌のこころは、この現世がけっしてそれほど楽しいものではない、ということを前提としているようだ。それでなければ、来世に虫や鳥になる代償を払ってまで、現世を楽しく過ごしたいとは言わないだろう。苦しいことも多いが楽しいことも人生にはある。その苦しみや楽しみをそのつど直情的に詠むのが古代的な歌であったが、この歌ではこの現世にある間、つまり人生全体を視野にいれて、その快楽を願っている。

大伴旅人と親しかった山上憶良も、この世に長くとどまることの困難なのを嘆く歌（巻五・八〇四～五）に付けた漢文の序の中で、「集ひ易く排《はら》ひ難きは八大の辛苦にして、遂げ難く尽《つく》し易きは百年の賞楽なり」と言っている。「八大の辛苦」とは生老病死など仏教で言う生き身の苦しみ、「百年の賞楽」は生涯を通じての楽しみの意味である。そこにも人生全体を見る目がある。

こうした人生観は仏教や老荘思想などの教養を身につけた知識人のもので、八世紀も中頃近くになって、ようやく官僚や僧などの間に現れるようになる。これは平城京時代の教養層が実現した新風の歌である。（森）

沙弥満誓《しゃみまんせい》

世間《よのなか》を　何に譬《たと(え)》へむ《(ん)》
朝びらき　漕ぎ去《い》にし船の　跡《あと》なきがごと　（巻三・三五一）

世間乎　何物尓将譬　旦開　榜去師船之　跡無如

〔この世を何にたとえよう。朝港を漕ぎ出て行く船の航跡が、すぐに跡形なく消えて行くようなものだ。〕

この人の世のはかなさ、空しさを、できたと思う間もなく消えてしまう船の航跡のさざ波にたとえた。そのたとえが実に巧妙で、みごとに像を喚起させる。

沙弥満誓は大伴旅人や山上憶良と同じ頃、大宰府に観世音寺を建立する任務を帯びて赴いた。旅人・憶良の友で、彼らとともに中国の文学を摂取し、新風の和歌を開拓した一人である。この歌は万葉集では、大伴旅人の現世の空しさを詠んだ、酒を讃える歌の次に並んでいる。あるいはそれを踏まえて詠んだかも知れない。彼らは相互に影響を与え合う関係にあったのだろう。

この歌は無常を詠んだ最も古い歌の一つで、後世にも影響を与えた。

にほてるや凪《な》ぎたる朝に見渡せば漕ぎ行く船の跡だにもなし

ほのぼのと近江の海を漕ぐ船の跡なき方に行く心かな

平安末の僧慈円の家集『拾玉集』に見える。西行と慈円の歌。晩年の西行が比叡山に登り、琵琶湖を見下ろして詠んだ前歌は、無常を奥に包んで穏やかに凪ぐ水面を、達観した自己の境地として詠んだもの。これを人生最後の一首にしたいというのを聞いて、慈円が唱和した後歌は、西行の境地を、無常の世を悟りその彼方へ解脱なさる心だ、と讃えたものである。（森）

この歌は謎かけのスタイルである。「世の中を何に喩へむ」の問にどのように応えてもいい。たぶん、そうとう流行ったと思う。『後拾遺和歌集』に、「世の中を何にたとへむといふ古言を上に置きてあまたよみ侍りけるに」として、

世の中を何にたとへむ秋の田のほのかに照らす宵のいなづま

という、源順《みなもとのしたごう》の歌が載せられている。順は十世紀後半の学者であり、歌人でもある人。順は立て続けに二人の子を亡くし、嘆いてこの種の歌を十首作ったという。

この歌は『拾遺和歌集』にも採られている。森評にあるように、平城、平安期を超えて無常を詠む秀歌として知られた。その意味で、もっとも長く知られた歌ではないか。内容だけでなく、口ずさむことの容易にできるスタイルによる。いわば口語体の歌である。

もちろん、無常観の浸透という社会的な状況もあった。満誓と同時期の歌に、次ページに取り上げる大伴旅人の歌もある。

この種の歌で満誓の歌がいいと思えるのは、淡々として暗さが感じられないからである。（古橋）

大伴旅人

世の中は　空しきものと　知る時し
いよよますます　かなしかりけり　（巻五・七九三）

余能奈可波　牟奈之伎母乃等　志流等伎子　伊与余麻須万須　加奈之可利家理

〔この世は空無だ、と思い知ったこの時にこそ、いよいよますます悲しく思われることだ。〕

大宰《だざい》の帥《そち》（大宰府の長官）として九州に赴任して間もなくの神亀五年（七二八）六月二三日、知人に宛てた書簡形式の短い漢文に付した短歌である。題詞には「凶問」（訃報）に答えた歌とあり、書簡中には「禍故《かこ》重畳《ちょうじょう》し、凶問累集《きょうもんるいしゅう》す」（禍いが重なり、訃報が集中する）、そして、悲しみにくれて「傾命を纔《わず》かに継ぐのみ」（傾きかけた命をかろうじて繋いでいる）とも言っている。身近な人の死の知らせが重なったのかも知れない。また任地では同伴した妻も失っている。

そうした旅人の身辺事情はともかく、この歌は、老いの身の上に悲報が重なる悲しみのなかで、この現世を空しいと観じた心を表現している。その空しさは、多分自身の人生も程なく終わるであろうことへの感慨とともにある。現世を大観しており、当時の和歌としては斬新な内容を持つ。万葉集の和歌もようやくこうした境地を詠むものになってきた。こうした現世の観じ方は、仏教の知識に導かれているのだろう。知識人・教養人の歌だ。

こうした歌が書簡形式の漢文と一体化されているという、表現のスタイルにも注目される。私的な述懐が、知識人の間に交わされる書簡という形式の中で可能になり、歌と文章とを組み合わせる形態を通して実現されている。（森）

かつて私はこの歌が嫌いだった。こんなことを臆面もなくいうことへの反撥だったと思う。今は少し違う。和歌はこういうこともいうことが許される形式なのだと思うようになった。そして、歌は「口語体」を装うものであり、このように心に浮かんだ想いを表出するのは、いわば言文一致みたいなもので、口語体と繋がっていると考えている。

旅人の時代、人麻呂から始まる古代和歌は様相を変えようとしていた。つまり、口語体が文語体になっていきつつあった。そういうなかで、旅人は心に浮かぶ想いをすっきり表出する歌を多く残している。この歌もそうだし、前に取り上げた「酒を讃める歌」もそうだ。しかし、一方で、「松浦河に遊ぶの序」という創作の漢文も残しているから、旅人は意識的にこの種の歌を詠んだのだと思う。その意味で、旅人は書く文学を意識的に作る文学者の始まりに位置するといえるかもしれない。文学者といったのは、人麻呂も創作者だが、書くことを意識していない。

この歌は巻五の巻頭に置かれている。巻五は大宰府の文学といってもいいもので、旅人とともに山上憶良の書く文学が載せられている。森評にふれている書簡という問題も、この書くということと密接に関係している。（古橋）

山上憶良

瓜食《うりは》めば　子ども思ほゆ（お）　栗食《くりは》めば　まして思《しの》はゆ
何処《いずく》より　来《きた》りしものそ　眼交《まなかい》に　もとな懸りて　安眠《やすい》し寝《な》さぬ

（巻五・八〇二）

〔瓜を食べると、子が思われる。栗を食べるとまして思われてしまう。子とはどこから来たものか。目の先にちらついて、安らかに眠ることもできない。〕

この歌には、「釈迦如来の尊いお言葉に、誰でも等しく衆生を思うのは、わが子ラゴラを思うのと同じだ、とある。また、子を思う以上の愛情はないとおっしゃっている。最もすぐれた聖人すら、やはり子への愛情がおありだ。まして俗人の誰が子を愛さないことがあろう」という序文がついている。

この内容はおかしい。釈迦は子への愛情を強調したかったはずはなく、誰でも子と同じようにいとしいといっている。凡人である人々にわかりやすく、子への愛情を例にしていっているだけなのである。読書家の憶良がこのような誤りをするだろうか。たぶん、憶良は意図的に仏典の誤読をしている。とすれば、なぜかということになる。

『誤読された万葉集』（新潮新書）で書いたことなのだが、初めての説話集である『日本霊異記』には、親子関係が崩れていることを語る話が多くある。これらの話は、平城京の時代、それまでの家族関係が変わりつつあったことを反映していると考えていい。そのような時代を考えると、国司であり、「貧窮問答歌」のような歌を作っている憶良にこのような歌があるのは、人心の安定を望み、家族のたいせつさを訴えた歌と考えられなくもない。

そう読んだとしても、家族への想いが表現の対象になったことは、文学史上初めてのことで、この歌の価値は変わらない。ただ、文学を、作者の人生や性格に還元したくないだけだ。特に歌の解釈はそういう傾向にある。歌は、まず表現だけで読む、次にテーマやモチーフなどをその時代の関心として読んでみる、という方向で考えていくべきである。

ただし、憶良は、

憶良らは今は罷《まか》らむ《(ん)》子泣くらむ《(ん)》そのかの母も吾《あ》を待つらむ《(ん)》そ　（巻三・三三七）

のような歌も残しており、家族に関心があったことは確かである。しかし、この歌はとても口語的で、宴会の歌らしいから、家族のことを詠んでみろといわれて作った冗談かもしれない。

「瓜食めば」の歌には反歌がある。

銀《しろがね》も金《くがね》も玉も何せむ《(ん)》に勝《まさ》れる宝子に及《し》かめやも　（巻五・八〇三）

おおげさで、私などはとても口に出せそうにもない歌である。歌だから表現できた。（古橋）

この歌の歌句で注目されるのは、末尾の三句「眼交に　もとな懸りて　安眠し寝さぬ」である。子を思う心は親を攻めて安眠さえも妨げる、というのである。そこには煩悩というものが顔を出している。「子を思う以上の愛情はない」という釈迦のことばは、本来は迷える衆生の煩悩を一般的に言い、それを断ち切らねばならないと説いた説教の一部であったとも思われるが、それをあえて序文に引いたわけも分かってくる。詠み手の憶良は釈迦にも子を思う苦しみがあったのだというふうにこのことばを理解した。子を思う心はあらゆる情愛の中で最も深く苦しい悩みだ、というのが序文と長歌の内容である。しかしこの歌の子を思う心は、苦しみばかりを言うためのものではなかった。その苦しみの中にまた子を愛する愉悦も含まれている。それが人間の心の複雑なところだ。その両極の間に揺れる人間心理とでも言うべきものを表現しようとして、反歌の一見分別くさく見える言い直しが成立したのではないか。

子を思う心が苦しみだということを、この歌は仏教の煩悩という観念に頼って表現しようとした。それは教養が下敷きになった歌であることを示す。これまで表現されることのなかった親子の情愛といったものを表現するには、まずはこんなふうに始めざるをえなかったのだろう。

ヒューマニスティックな苦悩の人間愛がこの歌にある、ということが言われてきたが、そこまで言うと強過ぎてしまい、近代的になってしまうと思う。反歌をあまり重く受けとめ過ぎない方がよいのではないか、と私は思う。子を思う何とも割り切れぬ愉悦と苦しみの複合感情が主題なのだ。（森）

コラム⑥

## 万葉集の和歌と漢詩文

和歌は早くから漢詩の影響を受けている。和歌の五音・七音の句も漢詩の五言・七言の影響によるものかと言われたりする。最も古い万葉歌人の一人である額田王の春秋を比較する歌（四〇ページ）も、漢詩に起源がある。日本人が漢詩を作ることも、額田王が活躍した天智天皇の近江朝の宮廷に始まると、奈良時代に編集された、日本人の漢詩集『懐風藻』の序文に見える。また柿本人麻呂の作である可能性もある人麻呂歌集の七夕歌（一九八ページ参照）も中国の七夕詩の影響を受けている。

しかし、特に漢詩のレベルに和歌の表現を近づけようという文芸意識が動き出し、漢詩や漢文の表現を意識して摂取するようになるのは、奈良時代に入ってからである。官僚貴族たちの中に文人的な姿勢を持った人たちが現れる。大伴旅人や山上憶良は、任地先の九州で宴席における交歓の歌や友人と遣り取りした書簡に、中国文人の超俗遁世《ちようぞくとんせい》の姿勢や神仙趣味を摂取し、和歌にそれらしい主題を持ち込んだりした。また和歌の初めに漢文の序を置いたりした。

旅人の子の家持は、越中の国守として赴任した先で、下僚に大伴池主という漢文学の教養豊かな歌友を得て、書簡を交換し歌を贈りあった。家持は心を物象《ぶつしよう》（四季折々の景物）に託したり、物象に触れて生じる感興を詩に作る、中国六朝の詩精神を和歌に移植した。そこに家持の、繊細な心境を歌にする、高度な文芸の境地が達成された。（森）

中臣　宅守《なかとみのやかもり》

さす竹の　大宮人《おおみやびと》は
今もかも　人なぶりのみ　好みたるらむ（ん）　（巻十五・三七五八）

佐須太気能　大宮人者　伊麻毛可母　比等奈夫理能未　許能美多流良武

〔〈さす竹の〉大宮の人たちは、今も人をなぶりものにすることを好んでいるのだろうか。〕

これは中臣宅守と狭野茅上娘子の悲恋に関する歌。「さす竹の」は、芽生えた竹の。勢いのよい意味で「大宮人」「大宮処《おおみやどころ》」「皇子《みこ》」「舎人《とねり》壮《おとこ》」などにかかる枕詞。「人なぶり」は人をなぶりものにすること。「なぶる」という語は万葉集の中でここしか出てこない。熾烈なことばで歌語としてはなじみにくいものである。それだけにこの歌は強い憤りを表している。これは宅守の歌で、自分たち二人がそのために苦しんだ、ゴシップ好きの宮廷人たちの心ないうわさや悪口、それが今も繰り返されているだろう、というのだ。宮廷はサロン風の雰囲気のある場所であった。それゆえ出入りする宮廷人たちの間に恋が芽生えれば、それを取り沙汰してあれこれうわさの種にすることが多かったのであろう。少々道はずれた恋ならなおさらのこと、それは熱心に語られ、激しい誹謗に至ることもさけられなかったろう。この二人の恋はなぜ批判の対象になり、宅守は流刑の罪を負わされたのか、詳細は分からないのだが、万葉集とは別個に成立した「万葉集目録」にはこの二人に関連する歌六三首の題の中に狭野茅上娘子を「蔵部《くらべ》の女孺《にょじゅ》」と記していて、娘子は蔵部という役所に出仕していた下級の女官であったらしい。蔵部もどこに所属した下級機関であるか分っていないが、神祇官所属の役所である可能性がある。中臣家は代々神祇官に係わり宮廷祭祀に当たる家柄だったので、宅守もその官の役人で、配下の神事・祭祀に係わる女孺の娘子と通じたことが、禁忌に触れる行為であったのではないかと想像される。（森）

　宅守と茅上娘子の贈答は巻十五の後半にまとめられて載せられている。ということは、物語的に享受されていたことを思わせる。この歌の散文的な表現も、物語の筋そのものに関係するものだろう。後にふれる、巻十六の歌物語的な題詞や左注をもつ歌と直接繋がっている。

　大宮人が「人なぶり」を好むというのは、きわめてリアルである。平安時代は日記が多く残されているから、貴族たちの生活がそれなりに知られるが、そういう史料から繁田信一『殴り合う貴族たち』（柏書房）というショッキングなタイトルの本が出ている。貴族たちは殺人を犯しても刑法から免れていた。彼らは国家に対する反逆罪など以外、法の圏外にあったのである。暴行をしても罪にとわれることはなかった。そのように貴族たちの守られている社会だから、宅守はそうとうの悪意にさらされていたに違いない。悪口だけではなかったかもしれない。

　しかし、こういうことは普通歌には詠まない。物語だといっているのはそういう理由による。

（古橋）

大伴家持

大伴の　遠つ神祖《かんおや》の　奥つ城《き》は
しるく標《しめ》立て　人の知るべく　（巻十八・四〇九六）

大伴乃　等保追可牟於夜能　於久都奇波　之流久之米多弖　比等能之流倍久
〔大伴の遠い祖先の神のお墓は、はっきりと標を立てよ、人がわかるように。〕

この歌は、天平感宝元年（七四九）に、陸奥から金が出たときの詔書に対して、越中守だった大伴家持が言祝いで作った長歌と反歌三首のうちの一首である。

聖武天皇は東大寺の大仏建立を行っており、その大仏に塗る金が大量に必要だった。財政が逼迫していたのである。そこに金が出た。陸奥で金が採れるのは、奥州藤原氏の繁栄でも明らかである。

しかし、国家的な祝いなのに、この歌は大伴氏族のことを詠んでいる。長歌も、「海行かば　水浸《みづ》く屍　山行かば　草生す屍　大君の　辺《へ》にこそ死なめ」と、先祖たちが天皇の側に仕え守ってきたことをうたっている。大仏建立にあらわれているように、古代天皇制国家は変質しつつあった。天皇は高天原の神の流れにあるのに、さらに仏教によって守らねばならなかったのである。この古代天皇制の変質は、旧豪族である大伴氏の弱体化と直接繋がっている。藤原氏が中枢を握っていた。氏の長である家持は天皇を盛り立てることと大伴氏が勢いを取り戻すことを同じにみなしていたといえる。

家持はこのように歌でしか、こういう状況に抵抗できなかった。資質的に文学者だったと思う。（古橋）

陸奥から金が出たことを喜ぶ詔書の中で、聖武天皇は大伴・佐伯の二氏が朝廷に長く忠誠を尽くしてきたことを褒めて叙位を行なうことを述べた。遠く越中の地にあってこれを知り、家持は感動し、氏族意識を高揚させてこの歌を詠んだ。この歌の背後にはそういう経緯がある。

ところで大伴氏の先祖は、神話的には天皇家の始祖迩々芸命《ににぎのみこと》を守ってともに天から降った神であり、その後も武力を以て天皇の身辺と宮城を守る役割を負って来た。平城京では内裏の正門である朱雀門を守る門号氏族の代表であった。平安京では朱雀門の北の八省院の門を応天門というが、応天は大伴の言い換えである。「御門《みかど》の守り」と家持がこの歌の前にある長歌で誇らしげに言っているのもそれを意味する。この歌の「遠つ神祖」とはその神話的始祖を含めた先祖たちを言うのである。

この歌では誇りある先祖たちの忠誠をいよいよ顕彰して人に誇れ、と一門の人たちに呼びかけているわけだが、過去に思いを向けるだけ、現状では大伴氏の劣勢と古い君臣関係の変化が免れがたいことを、暗黙に語っているように見える。（森）

大伴《おおともの》家持《やかもち》

うつせみは　数なき身なり
山川の　清《さや》けき見つつ　道を尋ねな　（巻二十・四四六八）

宇都世美波　加受奈吉身奈利　夜麻加波乃　佐夜気吉見都〻　美知乎多豆祢奈

〔現世に生きる身ははかないものだ。山川の清らかさを見ながら、仏の道を追い求めたいものだな。〕

「うつせみ」は現世。現世に生きる人の身。「数なき」ははかない。「道」は悟りの道。題詞に「病《やまい》に臥《ふ》して無常を悲しび、修道を欲《ほり》して作れる歌」とある。奈良時代後半の知識人の中に、このように現世の無常や、俗世間を厭って山林に入り仏道を極めるという主題ができてきていたことを物語る。中国六朝の知識人の中には竹林の七賢のように、仏教よりも老荘の思想から隠遁を志向する人たちがいて、日本の知識人にも影響を与えた。しかしこの歌は「うつせみは数なき身なり」と言っているから仏道を詠んだと判断される。

家持は別に次のような歌も詠んでいる。

世間《よのなか》は数なきものか春花の散りの乱《まが》ひ《（い）》に死ぬべき思へ《（え）》ば　（巻十七・三九六三）

これは、家持が三十歳の頃、任地の越中で病に倒れた時に詠んだ歌である。これにはしかし修道への願いは詠み込まれていない。掲出歌は、都に帰ってからの天平勝宝八歳（七五六。この時期、勅により「年」に代え「歳」を用いる）の歌で、家持は三十八歳ぐらいになっている。帰京して複雑な政界や大伴家の微妙な立場を見るに及んだことが、こうした歌を詠む背景になっていると説かれたりするが、主題はあくまで題詞にあるように、病中にあって生のはかなさに思い至った詠み手の心、としなければならない。（森）

病中にあって無常に思い至るとあるが、そういう状況に追い込まれたからではないと思う。病床に伏し、人生やら家族やら社会やらいろいろ考えるゆとりができるのである。病とは心の休養にもなるものなのだ。そうではない大病なら、逆に、無常を想い、歌を作るなどという余裕はない。これからは仏の道に生きようという決意はそのゆとりのなかで思うことで、病床から起きるようになると、なかなかそうはいかない。そうでなければ、家持は出家している。

こういう歌からほんとうは家持は出家を願っていたというようなことをいってはいけない。人の心のどれが真実かはわからない。というより、どれも真実なのだと思う。

そういう家持に引きつけたことをいうよりも、文学としては、森評にあるように、無常を願う心を主題にした歌だということに価値がある。それなりに静かないい歌だと思う。「山川の清けき見つつ」は、清らかな水が清浄な心を導くということだろう。この清らかな流れの像は仏教の特徴ではないか。浄土を観想する場合、清らかな流れに夕日という像を造る。（古橋）

# 7

# 風流

世の中は　恋繁《こいしげ》しゑ《(え)》や
かくしあらば　梅の花にも　成らましものを
豊後守大伴大夫《ぶんごのかみおおとものだいぶ》（巻五・八一九）

余能奈可波　古飛斯宜志恵夜　加久之阿良婆　烏梅能波奈尓母　奈良麻之勿能怨

〔世の中は恋に心がいっぱいになることが多いよ。ならばいっそ梅の花にもなってしまいたいな。〕

「恋繁し」は恋心が次々に湧いてきている状態だろう。「ゑ」も「や」も詠嘆の助詞。

大宰府で長官である大伴旅人が主催した「梅花の宴」の歌。出席者は都から赴任した者から、土地の役人までおり、歌を詠んでいる。

よくいわれるように、平安以降は花といえば桜のことだったが、万葉集では梅の花が歌の中心にある。中国からの渡来植物で、漢詩に詠まれたことから、平城京の歌人たちは梅を歌に詠んだ。原文の漢字で梅は「烏梅」と表記されている。烏はウ、梅はメで、ともに音仮名である。中国語の「梅」が日本人には（ウ）メと聞こえたのである。

「梅花の宴」の歌だから、「恋」は梅の花への想いである。梅の花が恋しくて恋しくて、こんなに恋しいのなら、梅の花になってしまえといっている。梅を称える歌である。こんなに梅を讃めるのは、春の訪れとしての梅への想いでもある。

森朝男さんによれば、宴における主人と客の関係が、主人が梅、客が鶯になるという。そうすると、この歌は鶯の側になる。（古橋）

古橋評にこの歌の「恋」は梅の花への鶯の恋ごころだと言われた。その解も可能だが、私は異なる解釈をしている。せっかく私の説を引用してくれたが、それは主に梅を慕って鶯が飛来する歌にあてはまることで、この歌は、初句に「世の中は」と言っていることからも、私は人の世の人の感情を指していると見たい。男女の間の恋情でもよいが、万葉集も後期になると微妙な情感や気分を表現するようになり、「恋」という歌語も男女の恋だけでなく、漠然とした人恋しさを表現したりする。ここも心の内に次々に湧き起こる憂情を指すのだろう。

梅の花は無心に咲いている。いっそ悲しみが後を絶たない人ごころを捨てて、無心な梅の花になりたい、というのだ。それでも梅を讃えた宴の歌になる。

また俗世間を忘れ花や鳥に没頭するのは、風流心でもあった。平城京時代になると官僚貴族層に風流愛好の趣味が育ってくる。自然に対して愛好心を持つことは、反俗的な姿勢であり、品格あることとされたのである。中国の隠遁者や詩人の趣味を受容してその姿勢は築かれた。（森）

大伴旅人

梅の花　夢《いめ》に語《かた》らく
風流《みや》びたる　花と我《あれ》思《も》ふ（う）　酒に浮《うか》べこそ　（巻五・八五二）

烏梅能波奈　伊米尓加多良久　美也備多流　波奈等阿例母布　左気尓于可倍許曽

〔梅の花が夢に現れて語るには、「私は風流な花だとひそかに思っています。
さあ、あなたの酒杯に浮かべて下さい」。〕

和歌史のうえで梅の歌は、大伴旅人が大宰府にいた天平二年（七三〇）の正月、私邸で梅見の宴会を開いた時の歌三二首に始まる。梅はこの頃初めて大陸から伝来したと言われる。この歌は、後日旅人がさらにその三二首に追従して詠んだものである。梅が夢に乙女になって現れたのだろう。旅人は同じころ、対馬産の桐の木で作った琴を京の友人藤原房前《ふささき》に贈った。それに添えた書簡の中に、琴が乙女の姿で夢に現れ、「君子の愛玩の琴になって、その膝を枕にしたい（君子の寵愛を受けたい）」と言ったという歌を記した。詩酒琴は君子のたしなみであり、また君子は神仙界に交わりうる人でもあるから、房前を風流を知る君子と讃えて、琴を贈りさらに琴を仙女になぞらえて交情の意思を表明させる形にしたのである。この梅の歌も同じ趣向で、この宴会は仙女もまじるような風流な宴であると言いたいのであろう。

一方、夢の中で仙女と出逢うというのも中国の神仙譚によくあるもので、六朝時代の詩文集『文選』の「高唐の賦」（宋玉作）には、高唐の仙女が楚王の夢に現れて情を交わした後、去るに当たって、朝は雲に夕は雨になって現れるだろうと告げた、という挿話が見える。（森）

この歌は華やかに美しい。そのぶん現実味がない。こういう歌はやはり作られたものである。その作るという態度を、旅人は中国の魏晋南北朝期の文学から学んだ。その中心が神仙譚である。旅人は、逍遙していて仙女に逢ったと語る「松浦河に遊ぶの序」という漢文を書いている。同じ巻五に載せられている。旅人だけでなく、神仙譚は日本の書く文学に深く影響を与えた。それは、幻想を書くこと、そして書くことによる幻想である。つまり、虚構が文学の本質であることを学び始めたのである。

先にも述べたが、旅人は書く文学として虚構を作り出した最初の文学者である。憶良の旅人に贈った、旅人の妻が亡くなったのを悼む歌（一五八ページ）は、旅人の立場で詠んでおり、これも虚構だが、立場を変えて詠むという歌のスタイルによっている。旅人の場合、虚構の状況を作り上げ、それ自体を書いた。つまり虚構を書くことを意図したのである。

この「梅の花」の歌も、対馬産の桐で作った琴を贈るに際し、虚構の物語を作り、それに基づいて詠んだ歌である。花が語りかけるという趣向が美しい。虚構を意識してこその歌と思う。（古橋）

山の末《は》に　いさよふ月を
出《い》でむ(ん)かと　待ちつつ居《お》るに　夜《よ》そ更《ふ》けにける　（巻七・一〇七一）

山末尓　不知夜歴月乎　将出香登　待乍居尓　夜曽更降家類

〔山際でためらっている月を、出るか出るかと待っているうちに、夜が更けてしまったよ。〕

巻七の雑歌の部に見える詠物歌。「月を詠《よ》める」という題の下にある一首。巻七は類聚式に編集された巻で、雑歌部は「月を詠める」「山を詠める」などと、また相聞部は「衣に寄せたる」「糸に寄せたる」などと題し、歌を類別して並べている。類聚形式は中国から渡来した詩文集などの編集形式であるが、万葉集では作者不明歌を集めた巻七、十などに見える。

この歌は月の出を待つ歌である。宵の入りの頃にちょうど月が出る十五夜を過ぎると、月の出は日増しに遅れていく。待つ身には、それは、月が山際でためらい、停滞しているように思われる。待っているうちに、月を楽しむ時間がどんどん過ぎて、夜が更けていく。それを惜しんだ歌である。「山の末《は》は」は山際。「いさよふ」は停滞する、漂う。十六夜の月を「いさよいの月」と言ったりする。雑歌としては夜の宴の歌か、あるいは一人で月を楽しもうとしている人の心を詠んだ歌かと思われる。月の出を待つ歌は万葉集に多い。月の出を待つのには別の理由があったことについては、古橋さんに優れた見解がある（古橋評参照）。（森）

素直に月の出を待っている歌と読んでもいいが、月を待つなら十五夜のはずで、「いざよひの月」を待つというのは変だ。

あしひきの山より出づる月待つと人には言ひて妹待つわれを　（巻十二・三〇〇二）

のような歌があるから、私は、この歌も恋人を待っている歌だと思っている。月と逢い引きは深く関係する。詳しくは、『古代の恋愛生活』（ＮＨＫブックス）、『雨夜の逢引』（大修館）を参照して欲しいが、妻問婚、訪婚が成り立つのは、月夜にだけ逢えるというルールがあったからなのだ。毎晩だとすると、同居するほうがよくなるはずである。十六夜の月を「いざよい」というのも、月の光を便りに訪れるなかなか来ない恋人を待つ気持ちが、月が出るのをためらっているかと感じることから始まったと考えている。十六夜の次を立待ちの月、十七夜の月を居待ちの月、十八夜の月を寝待ちの月というが、それらも恋人の訪れを待つ気持ちからの言い方に違いない。そして、だいたいこの十八夜までが恋人に逢える夜だったと考えている。

日はよくても雨が降り月が出ない夜には逢えない。そうすると、一月にせいぜい七日くらいしか逢えないことになる。恋歌が多いことの説明にもなるわけだ。（古橋）

玉垂《たまだれ》の　小簾《おす》の間通《まとお》し
ひとり居て　見る験《しるし》なき　暮月夜《ゆうづくよ》かも
（巻七・一〇七三）

玉垂之　小簾之間通　独居而　見験無　暮月夜鴨

〔〈玉垂の〉簾の隙間を通して、独りで見てはかいのない夕月であるよ。〕

「玉」は最高に美しいものを意味する、接頭語的な語である。実際に宝石を垂らしている場合もある。このような習俗は中国からきたものだろう。後の時代から考えて、日本文化は装飾品を身につけるより、着物の柄、帯など衣類そのものに関心をもったように思う。宝石などに関心がいくのは近代以降ではないか。

簾を通して月を見るという言い方が新鮮な歌である。簾は、額田王の「君待つとわが恋ひをればわが屋戸《やど》の簾《すだれ》動かし秋の風吹く」（巻四・四八八、九四ページ）にあった。たぶん、そういう歌をふまえて詠まれている。その森評にあるように、中国の詩が発想の源になっている。

直接月を見るのではなく、何かを間において見るところに美を感じるという美意識がみられるのが特徴である。（古橋）

「月を詠《よ》める」と題された歌群の中の一首である。「ひとり居て見る験なき」は妻の居ない独り寝の寂しさを言っているととるか、月見の宴席などから離れて独居して眺める寂しさを言っているととるか、二様の解釈がありうるだろう。あえてどちらかを選ぶとすれば、私は前者の方に心が傾く。

おそらく女の立場からの歌で、夫が来るのを待ちわびながら時刻が過ぎて、月が見ごろになった、といった状況をでも想定してみるとよいのではないか。そうすると、「清風帷簾《いれん》を動かし、晨月《しんげつ》幽房を照らす、佳人遐遠《かじんかえん》に処《お》り、蘭室容光《すがた》なし…」（玉台新詠・張華）といったような漢詩の境地に近づく。この漢詩は夫が遠い所に出かけていて帰らぬことを詠んだもので、少し状況が異なるが、簾と月と寝室に相当する幽房（ほのかに暗い閨房）の三つの道具立てが、そっくり似ている。

それに加えて、「暮月夜」と言っているところに独特の味わいがある。宵の口で、つい今しがた、薄暮を送ったばかりといった感じの時刻であろう。そういう時刻の月を捉えたところには、優れた美的感覚が見え、また風景だけでなく、それに気分を託すことができている歌である。

平安時代の物語の一こまを想像させるような、優雅な一首に仕上がっている。かなり洗練されたセンスの歌で、万葉集でも新しい時代のものではないか。（森）

わが待ちし　秋萩咲きぬ
今だにも　にほひ《おい》に行かな　遠方人《おちかたびと》に　（巻十・二〇一四）

吾等待之　白芽子開奴　今谷毛　尓宝比尓往奈　越方人迩

〔わたしたちが待っていた秋萩が咲いた。今だけでも萩の美しい色をうつして行こう。遠くのあの人のもとに。〕

助詞の「だに」を「谷」と表記している。他は助詞も一音で表記し、われわれの漢字仮名交じり文と似ている。

「にほふ」は色をうつすことをいう場合が多い。平安期になると、「にほふ」は嗅覚の言葉になる。『源氏物語』の匂宮がそうだ。ということは、万葉集の時代、「にほふ」は嗅覚も視覚も含んだ言葉だったが、平安期に嗅覚の言葉になったとみたほうがいい。万葉集で視覚の場合が多いのは、感覚の中心を視覚においていたからだろう。重要な儀礼である「国見」などがそうである。しかし、もっともすばらしく感じるのは、視覚にも嗅覚にも、さらに聴覚にもすばらしく感じられるはずだから、一つの感覚で表現されていても、他の感覚を読み取っていいかもしれない。

前後が七夕の歌だから、この歌もそのはずである。「遠方人」という言い方で織女を表現していることになる。それも趣向だが、萩が咲いたからうつしに行こうというのも、織女を萩に見立てていることになり、そうすると、前にふれた森さんの説の梅に鶯のように、詠み手は鳥になるというのも趣向である。花が鳥を寄せるという美的な連想によって作っている。七夕歌はこのようにさまざまな趣向によって作られた。想像力によって歌を作る実験場のように思えるほどだ。（古橋）

「にほひに行かな」については解釈が多様に分かれている。古橋評の解も良い解だが、私は、江戸時代後期の注釈書『万葉集略解』（加藤千陰）が「なまめきにゆかん」という意味だと解しているのがよいと思う。つまり恋ごころをほのめかしに行こうというのだ。現代語の「におわす」である。「にほふ」は色が着いたり、発したりすることで、花や紅葉について言う場合が多いが、恋ごころを表に表すことを「色に出づ」と言うから、「にほふ」もその意味になる。このことは別に論じた（森朝男『古代和歌と祝祭』有精堂出版）。

七夕歌は、年に一度しか逢えぬ嘆きや、その一度の夜が過ぎやすい嘆きを詠むものが多いが、この歌は秋萩の季節になって、七月七日（太陰暦では七月からが秋）が近づいてくる期待を詠んでいる点に爽快さがあり、萩を詠みこんで季節感を出したこともそれを助けている。七夕歌としては想像力をはたらかせて、少し異なった雰囲気の歌に仕上げた。一般の恋の歌としても通りそうな詠み方である。（森）

天《あま》の川　去年《こぞ》の渡りで　遷《うつ》ろへ（え）ば

河瀬を踏むに　夜《よ》ぞ更《ふ》けにける　（巻十・二〇一八）

天漢　去歳渡代　遷閇者　河瀬於踏　夜深去来

〔天の川の去年の渡り道が変わってしまったので、浅瀬を探して踏み歩く間に夜が更けて行くよ。〕

柿本人麻呂歌集から拾って載せた七夕歌。柿本人麻呂歌集は伝わっていないので詳細が分からないが、人麻呂以外の人の歌も含んでいたようで、これも誰の作か分からない。七夕歌は中国伝来の七夕伝説を材料として、牽牛や織女の身になったり、地上から二星を仰ぎ見る人の立場に立って詠まれる。人麻呂歌集から始まり、山上憶良や大伴家持が詠み、平安時代になってからも広く詠まれた。

この歌は、織女に逢いに行く七日の夜の牽牛の様子を詠んでいる。日本の七夕歌は、人の妻問いの風習を反映させて、牽牛の方から逢いに行く形に詠んだものが多い。万葉集の時代の川渡りは、一般に水の浅い所を探して歩いて渡ったから、それを伝説にも反映させ、年にたった一夜しかない逢い引きの時が、浅瀬を探しているうちに過ぎて行く場面を空想したのである。なかなかな着想である。こうした自由な想像力を働かせ、ままならぬ恋の悲しみを多様に詠む七夕歌は、多分好まれた歌作りだったのだろう。

あまの河浅瀬しら浪たどりつつ渡りはてねば明けぞしにける　（古今巻四・一七七）

古今集の紀友則の七夕歌。浅瀬が知れず探して渡りきらぬうちに夜が明けることを詠む。この人麻呂歌集の歌の影響を受けたものかも知れない。（森）

七夕歌は、一年に一度の逢う瀬、そして天の川を渡って逢うということを核にして、想像をかきたてられたようだ。この歌や次の歌のように、さまざまな趣向がなされた。この歌は浅瀬を渡って逢いに行くが、船に乗って渡る歌も多い。これは渡り方に焦点をあてた趣向だが、人の逢い引きを投影して、雨が降った場合、風が強い場合など、多様にある。

この七夕歌の多様さは、旅人が創作としての文学を書き出したのと対応しているように考えている。いうならば、七夕歌は創作の実験場だった。さまざまな想像をして歌を詠み、楽しんでいる感じがある。遊びとしての歌だ。しかし、それは、歌が実感とは異なるレベルも引き受けたことを意味している。そのようにして、歌は幅を広げていったわけだが、同時に、しだいにリアリティを失うことにもなっていった。

そして、先に旅人、憶良あたりから現代が始まると述べたが、家持は現代歌人として、歌のリアリティ復活に苦闘することになる。（古橋）

天の川　川音《かわと》清《さや》けし
彦星《ひこぼし》の　秋漕《こ》ぐ船の　波のさわきか

（巻十・二〇四七）

天漢　河声清之　牽牛之　秋滂船之　浪跡香

〔天の川の川の音が清らかに聞こえてくる。彦星が秋に漕ぐ船が立てる波の音だろうか。〕

七夕を詠む歌は多い。中国から来た行事だが、中国では織女がカササギの橋を渡って来るのに対し、日本では、彦星が船で天の川を渡るというように変わっている。

七夕歌が多いのは、文芸的な行為の対象になったからである。この歌も、船を漕いで天の川を渡る聞こえるわけのない音を聞いたかのように詠んでいる。たぶん、曇りか何かで、天の川が見えなかったのではないか。というのは、「天の川霧立ち渡り彦星の楫《かじ》の音聞ゆ夜の更《ふ》けゆけば」（巻十・二〇四四）のような歌があるからである。曇りなどで見えない場合も、じっと耳をすませて、楫の音を聞こうとしたのだろうか。視覚がだめなら聴覚でということなのだろう。

私はこの天の川を漕ぐ楫の音を浮かべることができない。どういう音として聞いたのだろうか。こういう歌を読むたびに、何を聞いてそう見立てたのか知りたくなる。幻聴なのだろうか。あるいは、ただそう詠んでいるだけかもしれない。文芸的な行為なのだから、それでもいい。

（古橋）

七夕は漢の時代頃に成立した中国の伝説で、天帝の命により天の川を挟んで隔てられ、年に一度しか逢うことを許されなくなった牽牛と織女が、七月七日の夜に川を渡って逢うというものである。中国では織女がカササギの渡す羽の橋を車に乗って渡り、対岸の牽牛に逢いに行くとするが、和歌では妻問い婚の風習を反映して、牽牛が船で、または浅瀬を徒歩で渡って逢いに来ると詠んだものが多い。

この歌は年に一度の逢瀬を待ちこがれる織女が、波の音の高まりを牽牛がこちらへ向かって櫓を漕ぎ出したためか、と期待をふくらませている歌だ。「漕ぐ船の波のさわき」というところは意味がとりにくいが、「天の川白波高しわが恋ふる君が船出は今しすらしも」（巻十・二〇六一）という歌もあるから、船を漕ぎ出すと、漕ぐ櫂や船の進行のせいで、静かな水面に波が立ち、その波のざわめきも伝わって来ると見たのだろう。そのざわめきの気配が、船より先に織女の待つ岸辺に到着するのである。秋の初め、冷気が増してピンと張りつめた空気の中、波の音もさやかに伝わってくるようになったということなのだろう。「秋漕ぐ」という表現が生きている。清涼な初秋の季節感を出すことに成功している。人が地上から天の川を見て、川音が聞こえる、と詠んでいるとも、天上の第三者が詠んでいるともとれなくないが、やはり織女の立場からの歌とすべきだろう。（森）

天の川　霧立ち上《のぼ》る
織女《たなばた》の　雲の衣の　飄《かえ》る袖《そで》かも　（巻十・二〇六三）

天漢　霧立上　棚幡乃　雲衣能　飄袖鴨

〔天の川に霧が立ち上っている。あれは織女が身にまとう雲の衣の、ひるがえる袖なのかなあ。〕

作者不明の七夕歌。これは地上から空を仰いで、天の川に薄雲のかかるのを見たのだろう。それを、織女の衣の袖が風に靡くのに見立てたのである。しかも織女の衣を「雲の衣」と表現した。七夕を詠む漢詩にも「雲衣」という言葉が見える。それを和語にしてみたのだろう。

一方、上句では薄雲を「霧」とも見立てている。地上でも霧は川に立ちこめることが多く、川霧を詠む歌が万葉集には多い。天の川に霧が立つのを牽牛が船を漕ぐ櫂のしずくに見立てた歌もある。ここでは織女の衣の袖に見立てて、美しさをねらった歌にしているのだ。また万葉集の後期から平安時代にかけて、霧は段々秋の景に固定されていく。旧暦の七月七日は秋の初めで、その点でも七夕歌に霧はふさわしいと言える。

教養や趣向を存分に働かせた気の利いた歌である。七夕伝説を題材にどのようにも趣向が楽しめるわけだが、そういう歌の詠み方は、漢詩の手法を和歌に自在にとり入れる文芸意識の成熟と一体のものであって、この歌も相当の文芸意識や美意識を背景にしている。

巻十は四季をそれぞれ雑歌と相聞に分け、合計八部からなっている。雑歌は季節そのものを詠む歌、相聞は季節の花や鳥などに寄せながら恋の心を詠む歌である。七夕歌は「秋の雑歌」の部の冒頭に置かれている。全巻作者不明の歌ばかりであるが、この巻の歌は概して風流趣味の強いもので、教養を持った貴族官人層に担われた歌々と思われる。（森）

七夕歌は多様だといっても、一年に一度、天の川を渡って逢うという核を動かすことはできないから、趣向にも限界がある。見立ては、その限界内における想像を表現として広げる働きをした。それゆえ、見立ては七夕歌から盛んになったといえるのかもしれない。森評でわかるように、霧を織姫の翻す衣に見立てるのに、漢詩の「雲衣」という語がヒントになっている。まったくの美的関心によって作られているわけだ。

それにしても、七夕の夜、地上から天を見上げていて、天の川に薄い雲がかかっていれば、織女の衣だと見立て、雨が降れば、彦星が天の川を渡る船の櫂があげる雫だと見立てるなど、その場合に応じた想像をして、行事を楽しみ、盛り上げるあり方がおもしろい。（古橋）

大伴《おおともの》 家持《やかもち》

春の苑《その》　紅《くれない》にほふ《(おう)》　桃の花

下照《したで》る道に　出《い》で立つ少女《おとめ》　（巻十九・四一三九）

春苑　紅尓保布　桃花　下照道尓　出立嬬嬬

〔春の苑に紅色にまばゆく映える桃の花よ。そしてその木の下の照り輝く道に、今しも出で立つ乙女たちよ。〕

「にほふ」はこの時代の用語としては、香りをいうのでなくまばゆい視覚的な美しさをいう。花の色や染色について言う例が多い。「下照《したで》る」は花の木の下が、花のせいで明るくなっていること。

この歌は題詞に「天平勝宝二年三月一日の暮《ゆふへ》に、春の苑《その》の桃李《ももすもも》の花を眺矚《なが》めて作れる二首」とあるうちの一首である。もう一首を引く。

わが園の李《すもも》の花か庭に降るはだれのいまだ残りたるかも　（巻十九・四一四〇）

庭に散り積もる李の花を、花かそれとも消え残るはだれ雪（まばらに降る雪）か、といぶかって、李の花びらの白さを強調した歌である。

どちらの歌も色彩や構図が絵画を思わせるほど美的に構成されている。この一首は、明るくまばゆい桃の花の下に乙女を配していて、艶麗な図柄になっている。木の下に乙女が立つ図柄には奈良時代の「樹下美人図」がある。絵画や、美女を桃の花に譬えた漢詩などを下敷きにしながら、多分に美をねらって虚構的に詠んだ歌で、家持の新境地を示すものである。

これも越中での作だが、題詞も含めて文芸的な創作意識から詠まれたもので、越中国守の館の庭の実景をじかに詠んだという風なものではない。（森）

万葉集に「毛桃」は三例あるが、「桃」はこの一首のみである。中国の理想郷である桃源郷を投影させているかもしれない。

この歌は、森評にあるように、「樹下美人図」を見て詠んだか、その絵から想像して詠んだかの歌だろう。一語一語がすべて美に向かっている歌である。したがって、現実味がない。

こういう歌を作るのも、「天離る鄙とも著く」（八二ページ）の歌で述べたように、この世の人に対する関心を薄くしているからではないか。万葉集の末期を敏感に受け止めていた文学者家持ならではの歌と思う。（古橋）

# 8

# 物語

あられふる　吉志美《きしみ》が岳《たけ》を　険《さが》しみと
草とりはなち　妹《いも》が手を取る　（巻三・三八五）

霰零　吉志美我高嶺乎　険跡　草取叵奈知　妹手乎取

〔〈あられふる〉吉志美が岳が険《けわ》しいので、草をつかみそこねて、いとしい人の手をつかんだよ。〕

「仙《やまびと》　柘枝《つみのえ》の歌」と題された作者不明歌。奈良時代に柘枝《つみのえ》伝説というものがあった。詳しい内容は分っていないが、漢詩集『懐風藻《かいふうそう》』のこの伝説を踏まえた詩などを参考に推測すると、吉野に味稲《うましね》という男が居て、柘《つみ》（山桑）の木の枝を釣り上げたが、これが美女に変じて味稲と結婚した、という話だったらしい。したがってこれは思いがけず美女を手に入れた味稲の歌ということになろうが、山登りの歌であるから、あまり伝説に合致していない。

肥《ひ》前《ぜん》国風《ふ》土《ど》記《き》の逸文（他書に引用されて残った本文の断片）に、杵《き》島山《じまやま》の歌垣の歌として、

霰《あられ》降る杵島が岳《たけ》を険《さが》しみと草取りかねて妹《いも》が手を取る

という歌が見える。また古事記には仁徳天皇の弟の速総別王《はやぶさわけのおう》と庶妹の女《め》鳥王《とりのおう》が、許されぬ恋に落ち、天皇の軍の追及から逃れて倉梯山《くらはしやま》に登る時に、速総別王が詠んだ歌として、

梯立《はしだて》の倉梯山《くらはしやま》を険《さが》しみと岩懸《か》きかねて我が手取らすも

とも見えている。もともと歌垣での男の誘い歌であったようなものが伝わるうちに、別なさまざ

まな由来話を生んだり、地名や語句の一部を換えて、別の話と結びつけられたりしたのだろう。「あられふる」は枕詞。「吉志美《きしみ》が岳《たけ》を険《さが》しみと」は吉志美が岳が険しいので。（森）

森評にあるように、この歌は民間にうたわれている広がりをもっている。そこから、「柘枝伝」に繋げてみると、「柘枝伝」は神仙譚の系統にある話である。神仙譚は中国から伝えられた書物によって、知識人に知られ、『浦島子伝』など書かれた。三浦祐之『浦島太郎の文学史――恋愛小説の発生』（五柳書院）が浦島太郎の話は、民間に伝えられたのではなく、知識人が書いた恋愛小説だと述べている。大伴旅人の「松浦河に遊ぶの序」（巻五・八五三〜八六三）という漢文体の序もある。

そういう知識人の小説（小さな説、取るに足りない説という意の文体で、中国の魏晋南北朝期に流行し、日本に入ってきて、文学に深い影響を与えた）である「柘枝伝」に民間でうたわれている歌が取り込まれたわけだ。ということは、創作しながら、民間に伝えられた話であるように装ったということになる。新たな伝承が必要とされていたということである。従来の神話、伝承では満たされない時代が始まっている。そして、神仙譚がその新たな物語のきっかけになったのである。（古橋）

高橋虫麻呂

芦屋《あしのや》の　うなひ《（い）》処女《おとめ》の
八年児《やとせご》の　片生《かたおい》の時ゆ　小放髪《おはなり》に　髪たくまでに
並び居《お》る　家にも見えず　虚木綿《うつゆう》の　隠《こも》りてませば
見てしかと　悒憤《いぶせ》む時の　垣《かき》ほなす　人の誂《と》ふ《（う）》時
血沼壮士《ちぬおとこ》　うなひ《（い）》壮士《おとこ》の　廬屋《ふせや》焼《た》く　すすし競《きお》ひ　相結婚《あいよば》ひ《（い）》　しける時は
焼太刀《やきたち》の　手柄《たがみ》押しねり　白檀弓《しらまゆみ》　靫《ゆき》取り負《お》ひ《（い）》て
水に入《い》り　火にも入《い》らむ《（ん）》と　立ち向ひ《（い）》　競《きお》ひ《（い）》し時に
吾妹子《わぎもこ》が　母に語らく
倭文手纏《しづたまき》　賤《いや》しきわがゆゑ《（え）》　大夫《ますらお》の　争ふ《（う）》見れば　生《い》けりとも　逢ふ《（う）》べくあれや　ししくしろ　黄泉《よみ》に待たむ《（ん）》と
隠沼《こもりぬ》の　下延《したは》へ《（え）》置きて　うち嘆き　妹《いも》が去《い》ぬれば
血沼壮士《ちぬおとこ》い　その夜夢《よいめ》に見　取り続《つつ》き　追ひ《（い）》行きければ
後れたる　菟原壮士《うはらおとこ》い　天仰《あめ》ぎ　叫びおらび　足ずりし　牙喫《きか》み建《たけ》びて

如己《もころ》男《お》に　負けてはあらじと　懸佩《かけはき》の　小《お》剣《だち》取り佩《は》き　冬《と》薮《こ》蕷《ろ》葛《ずら》　尋《と》め行き
ければ
親族《うから》どち　い行き集ひ《（い）》　永き代に　標《しるし》にせむ《（ん）》と　遠き代に　語り継《つ》がむ《（ん）》と
処女《おとめ》墓《づか》　中に造り置き　壮士《おとこ》墓《づか》　此方彼方《こなたかなた》に　造り置ける　故縁《ゆえよし》聞きて
知らねども　新喪《にいも》の如《ごと》も　哭《ね》泣きつるかも　（巻九・一八〇九）

〔芦屋の土地のうない処女が、
八歳児の成長半ばの頃から、小放髪に髪上げをする年頃まで、
並び住む隣の家にも姿を見せず、深窓に〈虚木綿の〉隠っていたので、
男たちが一目見たいと恋い焦がれ、垣根のように列をなして求愛する折に、
血沼壮士とうない壮士が〈廬屋焼く〉すすみ競って求婚した。その時には、
二人はよく焼き鍛えた太刀の柄を押しひねり握って、白檀の木の弓と矢箱を背負って、
この乙女を得るためには火にも水にも入ろうと、立ち向かって競った。その時、
可憐なわれらの処女は、母に語って、
〈倭文手纏〉卑しい私ゆえに、立派な男たちが争うのを見ると、生きていても幸福な結婚はできそうにありません。〈ししくしろ〉あの世へ行って恋しい人を待ちましょう、と
〈隠沼の〉心の内を密かに伝え、嘆きながら死んだ。そうしたら
血沼《ちぬ》壮士《おとこ》が、その晩それを夢に見て、引き続き後を追って死んだ。

後れをとった菟原壮士《うはらおとこ》（うない壮士）は、天を仰いで叫び、足ずりし、牙を噛み雄叫びして、
ライバルに負けていられるものかと、懸け吊し式の小剣を腰に着けて、〈冬薮蘋葛〉後を追ってあの世へ行った。
そこで三人の親族らが集まって、後々の世まで三人の標識にしようと、語り継ごうと、処女の墓を真中に、壮士らの墓をその向こうとこちらに造り残した因縁を聞いて、知らない昔の人のことだが、新たな喪に会ったように、声にあげて泣いてしまったよ。」

「菟原処女《うはらのおとめ》の墓を見る歌」と題されている。旅の道すがら伝説の処女《おとめ》らの墓を見て追悼の心を詠んだような形式になっている。この処女を詠んだ歌は田辺福麻呂《たなべのさきまろ》や大伴家持にもあるが、この虫麻呂の歌が最も叙事的で、伝説の内容をよく伝えている。この歌によると、摂津国《せっつ》菟原《うはら》郡の芦屋地方（現芦屋市）に一人の美女があり、たくさんの男の求愛を受けたが、特に二人の男の激しい対立に将来を悲観して死を選んだ。二人の男も後を追って死んだという話であったようだ。

その二人の男は、処女《おとめ》と同郷のうなひ壮士《おとこ》（菟原壮士とも）と、海を渡って大阪湾の反対側の血沼《ちぬ》（現在の大阪府南部堺市・岸和田市辺）から来たよそ者の男である。処女《おとめ》の死をはじめに夢に見たのが血沼壮士であったから、彼女が愛していたのはこのよそ者の男だったのだろう。この男との結婚は村外婚（族外婚）となり、郷里の人々に受け入れられにくい情況もあって、処女《おとめ》は死

を選ばざるをえなかった。この長歌には二首の反歌が付いているが、そのうちの一首には、

墓の上の木《こ》の枝《え》靡《なび》けり聞きし如《ごと》血沼《ちぬ》壮士《をとこ》にし寄りにけらしも　（巻九・一八一一）

とある。墓の上に生えた木の枝が、血沼壮士の墓の方へ靡いている。聞いたとおり処女の心はそちらの男に寄っていたのだろう、の意である。これは殺された相思相愛の夫婦の墓から木が生えて枝と枝を絡めた、という中国の説話（『世説新語』所収）を踏まえている。虫麻呂が処女の伝説に、外来の知識を持ち込んで新しい脚色を施したのである。

少々語釈を加えておく。「小放髪」は成人前の少女の髪型。おかっぱ。「小放髪に髪たく」は、それをたくし上げて髪結いし、乙女の髪型にすること。「虚木綿《うつゆう》の」は「隠《こも》る」の枕詞。「悒憤《いぶせ》む」は恋して心晴れぬこと。「ししくしろ」は「黄泉《よみ》」の枕詞。「倭文手纏《しつたまき》」は、日本製の質素な織物（倭文）で作った腕巻き。みすぼらしい物で、ここでは「賤し」の枕詞。「隠沼《こもりぬ》の」は「下」の枕詞。「下延《したは》へ」は心中を告白する。「如己男《もころお》」は対等な男。好敵手。（森）

巻九の挽歌にはこのような伝承をうたった長歌がいくつか載せられている。巻九は挽歌だけでなく、この地方の伝承をうたった歌、筑波の歌垣の歌や、富士山の歌などがみられ、地方への関心が特徴である。地方への関心は巻五にもみられる。その巻五は大伴旅人と山上憶良が中心である。地方への関心はこれまでとは異なるものの発見である。したがって、彼らあたりから歌が変わってきたということになる。万葉集において、近代は人麻呂から始まるとし、家持を現代とす

れば、このあたりから現代が始まるといっていい。

この芦屋の処女の伝承をうたう歌は、八歳からお下げ髪の頃までとうたい始められている。八歳は、七歳までが幼児期で、少女の年齢である。お下げ髪も少女の髪型だから、少女期に家の奥でたいせつに育てられたことをうたい、その美しさが評判で多く男が求婚してきたという。つまり、その少女期の終わりの時期のことである。この頃初潮があると考えていい。結局、求婚してきたなかの二人の男に絞られたが、処女はそのどちらとも決めかねたゆえの悲劇がこの歌の中心である。

前にも述べたが、物語では女の自殺として入水が多い。異郷への旅立ちみたいなものか。（古橋）

コラム⑦
## 文学の発生と神謡

文学の発生は、世界的に、古い詩は定型（言葉が定型でない場合は旋律やリズムが決まっている）だから、定型がなぜ始まったかという問に言い換えることができる。そこで、折口信夫の、神の呪言が文学の母胎となったという文学発生論が浮かび上がる。折口は、神の言葉は誤りなく伝えられねばならないから、定型として始まったとする。そこに、覚えやすさ、言いやすさ、美しさを加えてみればいい。

この折口の論の根本には、文学は表現だという考え方がある。私が納得するのも、この表現を据えているからだ。神々の言葉や事績は普通神話と呼ばれているものである。この神々の言葉や事績を語り、歌うのが神謡である。文字をもたなかったアイヌは、豊かな神謡を伝えていた。私は沖縄に古くから歌い継がれてきた神謡を知ることで、古代大和の歌との繋がりがみえた気がした。たとえば、宮古島の狩俣の祖神祭でうたわれる（狩俣では「よむ」という）「祓イ声」は、始祖の神がこの地を選び村立てしたことをうたう。この神謡の表現の仕方が古代大和の国見歌に繋がり、さらに万葉集の「田子の浦ゆうち出でてみれば真白にそ不尽の高嶺に雪は降りける」（巻三・三一八）のような、移動していてすばらしい景色や花などを見出す歌に繋がっていくというのが、私の考えだ。私はこの様式を巡行叙事と呼んでいる。神々の事績を叙事する型だからである。（古橋）

春さらば　挿頭《かざし》にせむ（ん）と　わが思《も》ひ（い）し
桜の花は　散りにけるかも　（巻十六・三七八六）

春去者　挿頭尓将為跡　我念之　桜花者　散去流香聞

〔春がきたならかんざしにしようと思っていた桜の花は散ってしまったことだな。〕

巻十六の巻頭にある歌で、長い物語的な題詞がついており、巻十六の特徴を示している。その物語とは、昔、桜児という女に二人の男が求愛し、競い合った。桜児は自分が死んで二人が争うのを止めさせようと首を吊って死んだ。二人の男は悲しみ、それぞれ歌を詠んだ。というもので、二人の男の歌がある。その最初の一首である。

この題詞がないと、かんざしにしようとしていた桜の花が散ってしまったという歌の意味がよくわからない。花は動かないから採りに行けばいいだけで、行けないとしたら事情があるはずなのである。したがって、この歌は物語とともにあるものである。

巻十六の最初のほうには、このような物語的な題詞や左注をもつ歌が並べられている。それらの物語的な題詞や左注は「昔」と始まるものが多く、平安期の歌物語に繋がっていく（古橋『物語文学の誕生』角川叢書）。いわば、これまでの歌では満足できない状況が訪れており、それ以前の巻とは異なる歌が集められているのが巻十六なのだと思っている。万葉集は八世紀の半ばまでの歌を集めており、次に和歌が歴史の表面に出てくる九世紀後半までの空白期間は、新たな和歌

が生み出される準備期間になる。（古橋）

妻争いは古代の物語の一類型で、いろいろな話がある。万葉集では大和三山の天の香具山（女）を畝傍山・耳梨山（男）が争った伝説を詠んだ中大兄皇子の歌や、菟原処女を菟原壮士と血努壮士が争った伝説を詠む高橋虫麻呂の歌（前項）がある。話型の起源は美女を争うというよりも、霊能力を持った巫女を味方に付けたいという勢力争いにあったようだ。それが時代とともに変化していろんな話を生んだ。

この桜児の話は、彼女が二人の男の争いをとどめようとして、「昔から一つの女の身で二つの家に嫁いだ例を聞かない」と嘆いて死を選んでいる。二人の男のどちらの気持ちも大切にし、しかも貞淑であろうとするところに、女の方を美化したところがあり、また「二夫にまみえず」という儒教的な倫理観が顔を出していて、奈良時代に入ってからの成立、ないし古伝説の脚色し直しであるらしく、新しい語り口になっている。

男たちの歌も風流である。いま一人の男は、

妹が名に懸けたる桜花咲かば常にや恋ひむいや毎年《としのは》に（巻十六・三七八七）

と詠んだ。桜が咲いたら、毎年妹を恋い続けるだろう、というのである。（森）

住吉《すみのえ》の　小集楽《おづめ》に出《い》でて
現《うつつ》にも　己妻《おのづま》すらを　鏡と見つも

墨江之　小集楽尓出而　寤尓毛　己妻尚乎　鏡登見津藻

（巻十六・三八〇八）

〔住吉の小集楽に出て、夢ではなく現実に、自分の妻を輝く鏡のように見たよ。〕

「住吉」は現在住吉神社がある大阪市住吉区あたり一帯。「小集落」は男女が集まって歌を掛け合い求愛しあう古代習俗「歌垣《うたがき》」の一類。「己妻《おのづま》」は自分の妻。「鏡と見つも」はきらきら輝く鏡のようにまぶしく見たよ、の意。

歌垣は風土記や万葉集に出てくる実例の記事によると、毎年の春秋、男女が山上、川原、海辺などに出て歌舞飲食を楽しみ、掛け合い歌を歌い交わす習俗で、既婚の男女も参加して、他人の妻・夫と掛け合い歌を交わすことがあったらしい。

この歌には物語風の注記があって、昔、歌垣に出た村人の男が、女たちの集団の中で自分の妻が格別他にまさっているのを知って、いよいよ妻を愛する心が増し、この歌を詠んで妻の美貌を賛嘆した、と記してある。人妻と恋歌を掛け合うチャンスである歌垣でそういう事態になったというのだから、これは皮肉と笑いを含んだ物語である。歌の方も「現《うつつ》にも」（夢ではなく現実に）、「鏡と見つも」あたりに、大いなる笑いが含まれている。せっかく妻とは違ってとびきり美人の人妻を探し当てようと歌垣に勇んで出かけた男が、探し当てたのは結局自分の妻だったわけ

だ。さぞやまぶしかったことだろう。（森）

歌物語的な左注をもつ歌のひとつである。この話は、二つにとれる。一つは、森評にあるように、口説こうと思ったら自分の妻だったという解釈で、説話集にもあるパターンである。笑い話になる。もう一つは、自分の妻がやはり一番だと確認したという解釈で、こちらも、『伊勢物語』の筒井筒の段の、元の妻のすばらしさをみつける話に繋がる。私は、最初この話を読んだとき、後者だと思った。『伊勢物語』は新しい妻の棄て方に納得がいかないところがある。万葉のこの話はそういう不自然さのない、いい話だと思ったのである。

この二つの解釈は、平安期に二つの流れがあることで、どちらともいえない。どちらにしても、人の心は変わるものだという認識が、特に恋において、このような話を生み出した。

歌としては、散文的でいい歌とはいえない。物語が優先している。歌がリアリティを失いつつある時代だったのである。（古橋）

商変《あきかわ》り　領《し》らすとの　御法《みのり》あらばこそ
わが下衣《したごろも》　返し賜《たま》は(わ)め　（巻十六・三八〇九）
商変　領為跡之御法　有者許曽　吾下衣　反賜米
〔契約の変更を認めるという御法がもしあるなるば、私の下着を返してください。〕

巻十六は物語的な題詞や左注をもつ歌があり、平安期の歌物語への繋がりがわかる。この歌は、男が心変わりして、下着を返してきたので、恨んで作ったとある。こういう話も歌物語的である。女の名も記されていないのも、歌物語的だ。そして、こういう歌はそれまでにはほとんどなかった。柿本人麻呂が確立した古代和歌が揺らいできており、こういう散文的な歌が登場してきた。歌では表現しきれず、物語が要求され出したのである。

この歌は経済生活を比喩にしているが、そういう時代と、経済活動とは関係する。都市的な生活が定着し出し、物の売買などが一般化しつつあったのである。『日本霊異記』には、母が子に、育てるのは年取ってから養ってもらうためだというなど、経済的価値観がしばしば語られる。

恋の終わりには、もらった物を返したようだ。手紙や衣類などである。この歌では「下衣」とあるから下着だが、現代の下着を思い浮かべてもらっては困る。下に着る物という意味で、下着なのである。衣類を縫ったりするのは女の役割だから、男が女からもらった下着を返してきた。女は心変わりを非難している。（古橋）

平安時代の例になるが、紫式部集に、男から式部が送ったふみをなくしてしまったと聞いたので、いままでのふみを全部返さなければ返歌はしないと言ってやったところ、縁を切るつもりかと思われて怨んだ手紙が来た、という詞書《ことば》きが見える。ふみを返すのは縁切りを意味したらしい。贈り物も同様なのだろう。竹取物語の最後には、帝が天に帰ったかぐや姫に姫からの贈り物を返そうと、最も天に近い富士の山頂で燃やさせた話が見える。

現代にも結納という習俗が残っているが、結婚には返しの金品贈与が伴う。それは結婚が不成立なら返す。恋愛関係にも形見の交換が行われた。常陸国風土記の筑波山の歌垣の記事には、歌垣に参加した娘に関して「聘《つまどい》の財《たから》を得て帰らない者は娘のうちに入らない」と土地の人が言っていると記される。

それゆえこの歌のように贈り物を一方的に返してきたのは、縁切りの意思表明になる。

商売の方は、現代のように定価があって行われるものでなく、交渉によって値段の折り合いをつけて成立するのだから、後から「ホゴにしてくれ」は言えなかったのだろう。その売買の論理を愛情関係に持ち出したところが、いかにもおもしろい。（森）

# 9　からかい

おのれゆゑ（え） 罵《の》らえて居《お》れば
驄馬《あおうま》の　面高夫駄《おもだかぶた》に　乗りて来《く》べしや　（巻十二・三〇九八）
於能礼故　所罵而居者　驄馬之　面高夫駄尓　乗而応来哉
〔お前のせいでののしられているのに、灰色の顔を高く挙げた荷役の駄馬なんかに乗って、やって来るべきじゃないわよ。〕

この歌には注記があって、ある人が伝えて言うには、紀皇女《きのひめみこ》が密かに高安王《たかやすのおおきみ》と通じたが、そのことで周囲から叱責されている時に詠んだ歌だという。さらに注記は、高安王が伊予の国守に左遷されたことも記している。左遷がもしこの恋愛と関係があるなら、許されぬ間がらの二人が密通したのが露顕して、それの処罰だったのかもしれない。紀皇女と高安王はどちらも実在したことが知られる人物であるが、時代が合わないので、これは世間に伝えられた昔話風のお話の中の歌と考えられる。

「おのれ」はここでは第二人称の蔑称。「罵る」はののしる。「驄馬《あおうま》」は青馬。灰色または白の毛色の馬を言う。「面高夫駄《おもだかぶた》」は顔をツンと挙げた労役用の駄馬。高安王の馬をけなして、乗馬用の馬なのにあえてそう呼んだのである。ツンとすました馬の顔を憎んで「面高」と言った。人々から王との恋を非難され自制しているところへ、お構いなしに堂々と馬に乗って尋ねて来た無神経な王をののしった歌ととれる。巻十四の東歌《あずまうた》の中には、妻問いに行くのに足音をたてない馬が欲しいと詠んだ歌がある。馬の歩む足音は周囲に妻問いを気づかせる。そのことへの非難も含まれているかも知れない。どちらにしても、「面高」は自己中心的で相手の心を配慮しない、高安王の姿をも重ねているものであろう。（森）

この歌には巻十一、二には珍しく左注がある。この伝承は平群文屋益人《へぐりのふむやのますひと》が伝えていたという。益人は中級官人になっている。いわば勤め人である。家柄も関係ないそういう人がなぜこの伝承を伝えていたかはわからない。たぶん、昔の話として民間に伝えられていたものだと思う。

そういう面では、巻十六の歌物語的な題詞や左注をもつ歌と通じている。歌自体、伝承される歌らしく、「面高夫駄」というような語を詠み込んでいる。恋人を訪ねるのに、労役に使用するような馬に乗って来て、といわばからかっている歌だろう。そういう言葉を詠み込むこととかかわって、散文的、口語的な歌である。

巻十一、二は民間に広がった恋歌を集めていると述べたが、左注に民間の伝承であることを思わせることで、確かになる。

巻十六は明確にそれまでとは異なる基準で歌を集めているが、巻十一、二はその始まり的な位置にも立っているわけだ。（古橋）

吾妹子《わぎもこ》が　額《ひたい》に生《お》ふ《(う)》る
双六《すぐろく》の　牡《こと》の牛《い》の　鞍の上の瘡《かさ》

吾妹児之　額尓生流　雙六乃　事負乃牛之　倉上之瘡

〔吾妹子のおでこに生えた双六の強力の役牛の鞍の上の腫れ物よ。〕

（巻十六・三八三八）

「吾妹子」は男から愛する恋人や夫をいう呼称。「牡の牛《ことい》」は労役用の牛。「ことい」は「殊負《ことお》ひ《(い)》」（たくさんの荷を負う）の略。「瘡」は腫れ物、おでき。

「心の著《つ》く所無き歌」（意味が繋がらない歌）と題される二首のうちの一首。もう一首は次の歌である。

わが背子が犢鼻《たふさき》にする円《つぶれ》石《いし》の吉野の山に氷魚《ひお》そさがれる

（巻十六・三八三九）

わが背子が褌《ふんどし》にする、丸石の吉野の山に氷魚（小鮎《こあゆ》の幼魚）が下がっている。二首の後に注記があり、舎人親王《とねりしんのう》（天武天皇の皇子）が近習の者らに「意味の通らない歌を作った者には褒美を与えよう」と言ったところ、臣下の一人安倍子祖父《あべのこおおじ》が即座にこの二首を献じたので、座の人々から徴収して二千文を与えたと記している。二千文は日本古典集成『萬葉集』（新潮社、一九八二年刊）の注によると十万円ほどという。

吾妹子にわが背子、「牡の牛《ことい》」に「犢鼻《たふさき》」（褌が牛の鼻に似るのでこう書く）を対応させるなど、二首の間に多少の脈絡が見え、それぞれの内部でも多少の意味の繋がりが追える。一首めの歌は、女のひたいに生えた牛のような角という文脈、双六の駒を牛と呼び代えて紛らわせたことなどが想像できる。「鞍の上の瘡」は本来鞍の下にできやすい腫れ物を逆に「上の」と紛らわせたものであろう。

歌作りをことば遊びとして楽しんだものだ。しかし一般的に和歌には掛詞・縁語などことば遊びに近い一面もある。こういう試みもそれなりに意味があったのだろう。（森）

この歌は、女の側の歌の内容があんたのアレは小さいねとからかっている歌ととるのがいいと思うから、男の歌も、おまえのアソコはかさかさだといっているという内容だと考えている（古橋『誤読された万葉集』新潮新書）。互いに性的にからかい合っているのである。

万葉集はまじめに読まれすぎている。庶民の素朴な感情がうたわれているというような評価がそれだ。しかし素朴な生活感情なら、もっと性的なものがあってもいいはずだ。平安期の歌謡に女の性器の名だけうたうものもある。貴族たちもそういう歌をうたって大笑いしていた。歌の正確な解釈はわからない。しかし、最初から意味をなさない歌を作っているわけだからしかたない。問題は、こういう歌が万葉集に載せられるくらい、歌が変質していることである。平安期の歌が生まれるには、こういう破壊的な行為が必要だったといえるかもしれない。（古橋）

池田朝臣《いけだのあそみ》

寺寺の　女餓鬼《めがき》申《もう》さく
大神《おおみわ》の　男餓鬼《おがき》賜《たば》りて　その種子《たね》播《ま》かむ（ん）　（巻十六・三八四〇）

寺ゞ之　女餓鬼申久　大神乃　男餓鬼被給而　其子将播

〔寺々の女餓鬼が申しています。大神《おおみわ》の男餓鬼をいただいて、その種子を播きましょう、と。〕

巻十六には戯笑歌と称される、からかいの歌が何首か収められているが、その一首。池田朝臣が大神 朝臣《おおみわのあそみ》奥守《おきもり》をからかった歌という題詞がある。

たぶん、二人で寺参りに行き、地獄絵か何かを見て、女餓鬼を指して、痩せている大神奥守を、おまえの相手にちょうどいいなどといってからかったのだろう。エロティックな雰囲気が、よけいからかいをリアルにしている。二人は大笑いしたのではないか。ちなみに、当時に地獄絵のあったことは、『日本霊異記』で確かめられる。

痩せていることはからかいの対象になったようで、大伴家持も、「石麻呂《いはまろ》に我もの申す夏痩せに良しといふものそ鰻《うなぎ》取り食《め》せ」（巻十六・三八五三）、「痩《や》す痩《や》すも生けらばあらむをはたやはた鰻を取ると川に流るな」（巻十六・三八五四）という二首を作っている。家持がひどく痩せている吉田石麻呂をからかって作ったと左注にある。石麻呂は「仁敬の子」とされているから、儒教を身につけた、人格的にすぐれた人物だった。

このように、からかいといっても、ばかにしていじめているのではなく、こういうことを言い合って、楽しんだのだと思う。（古橋）

巻十六には痩身、色黒、赤鼻などの身体的な特徴をあげつらってからかった歌が見え、次頁の法師の剃りひげをからかった歌も見える。他愛のない笑いの歌だが、からかわれた方が応酬したやりとりも見える。歌垣では男女が即興の歌のやりとりをする。短歌には問答、贈答は常習的なことであった。それを笑いに向けているところが、巻十六の歌の特徴である。

池田朝臣は名前が分からないが、大神奥守はこの時代の史書『続日本紀』にも叙位の記事の見える人である。二人とも中下級の官吏であろう。大神氏は大和の最も古い神社である大神神社《おおみわじんじゃ》を祭る家筋であった。「大神の男餓鬼」というのは痩身の奥守を指したものだが、「寺寺の女餓鬼」との対比からすると、「大神神社の男餓鬼」の意が含まれる。神社に地獄絵の餓鬼は相応しくない。大神神社の神は蛇身で古事記・日本書紀には美男に化けて巫女のもとに訪れ、婚したという伝えもある。日本霊異記には愛欲の強い動物として、人間の娘を欲しがる蛇の話がいくつか伝わる。この歌の説明には奥守が痩身だったということだけでも十分なのだが、「その種子播かむ」には、そうした大神の神にまつわる印象が潜在していたかも知れない。愛欲の神と愛欲否定の寺院の対比である。（森）

法師らが　鬚《ひげ》の剃杭《そりくい》　馬繋《つな》ぎ
いたくな引きそ　法師は泣かむ(ん)

法師等之　鬚之剃杭　馬繋　痛勿引曽　僧半甘　（巻十六・三八四六）

〔坊さんたちのひげの剃り残しを杭として、それに馬の手綱を繋いで、あんまり強く引くな。坊さんたちは泣くだろうよ。〕

これも巻十六の戯れの歌。「僧《ほうし》を戯れ嗤《わら》へる歌」と題がある。「鬚《ひげ》の剃杭《そりくい》」はひげを剃った後にそり残したり、また少し伸びてきたりしたものをいうのだろう。法師のそうした剃り跡は、ひげを伸ばしていた男が多かったらしい当時は、異様なものに見え、からかいの対象になったのだろう。「な引きそ」は、引くな。鬚《ひげ》の剃杭《そりくい》に馬を繋いで、馬をけしかけ引っぱらせるのである。これも戯れて大げさに言った。若い法師の黒い剛毛のひげを杭に見立て、本物の馬を繋いで引っ張らせたら、どんなに過酷な修行にも音を上げぬ、また法力というものを持った法師とて、泣き出すだろう、というところが、からかいとしておもしろい。法師らのものに同じぬ強さを「泣く」ということばで貶《おとし》めようとしているのだ。

平城京内には、藤原京から移ってきた薬師寺・大安寺・元興寺、新たに全国の総国分寺・国分尼寺として建てられた東大寺・法華寺などの官寺、興福寺のような私寺をはじめ五〇寺ほどの寺が造られ、多いところで二〇〇人以上の僧が住んだという。そのほかに正式の得度を経ないで僧形をしている人たちもいた。僧らと庶民との接触も多彩に繰り広げられたことだろう。僧を敬わないと仏罰が下ると寺の側は説くが、こんな罪のないからかいは、僧と庶民たちが融和したほほえましい日常を想像させる。（森）

僧侶はしばしばからかいの対象になっている。男だけの、それも剃髪して丸坊主で髭も剃ってしまう、普通の男とは異なる姿の者たちが集団で生活していることは異様にみえたはずだ。そういう感情がからかいの歌などとして表現された。

僧侶も負けていない。

檀越や然もな言ひそ里長が課役徴らば汝も泣かむ　（巻十六・三八四七）

と返した。からかったのは檀家の者だったこともわかるが、「泣く」といわれたから「泣く」と返した。しかし、徴税されればおまえも泣くだろうというのは、機知はなく、リアル過ぎる。誰がみても負けている。ということは、この歌を載せることで、さらに僧侶をからかっているとみていいと思う。

巻十六には、こういうからかいの歌もまとめて載せられている。こういう歌はあらたまった場のものではない。親しい関係や宴などにおいてうたわれるものだろう。巻十六は、歌物語的な長い題詞や左注をもつ歌の次は、宴会でいつも歌った、いわば愛唱歌、物の名を詠み込んだ即興の歌、そしてからかいの歌と続く。それまでの歌とは違う観点から歌を集めているわけだ。（古橋）

# 10

# 鄙《ひな》

多麻川《たまがわ》に　曝《さら》す手作り
さらさらに　何《なに》そこの子の　ここだ愛《かな》しき　（巻十四・三三七三）

多麻河伯尓　左良須弖豆久利　佐良左良尓　奈仁曽許能児乃　己許太可奈之伎

〔〈多摩川に曝す手作りの布がさらさら音を立てる〉あらためてどうしてこの子がこんなにいとしいのだろう。〕

多摩川で布を曝していると、布が立てるさらさらという音から、「さらさら」と言葉を導き、恋人への想いの深さをあらためて気づいている歌である。

この歌は東歌である。東歌は、このように働いていたり、生活していたりの状況を詠み込んでいる歌が多い。他の歌はほとんど都人の歌で、都市生活をしているから、この種の歌は少ないといえるのかもしれない。

歌の構造としては、「手作り」までが「さらさら」を喚び起こす序詞にあたる。その意味では、上二句は歌の意味には関係しないとみていい。恋人を「この子」というのは男の側で、布作りは女の仕事だと考えれば、男は実際に働いていないことになる。その場合、女が布曝しをしていることを思い浮かべて詠んだといえるかもしれない。しかし、この歌の場合、やはり実際に布曝しをしていて、その立てる音によって、いまさらの想いに気づいたと読みたい。音と気持ちの結びつきがリアルに感じられるからだ。

こういう音から導く方法は万葉集に多く、近藤信義さんは「音喩」という概念を立てて説明している（『音喩論』桜楓社）。それでもいいが、私は、歌には音に対する感覚が基本的にあるように考えている。口語的というか、身体的な感覚ではないかと思う。（古橋）

この歌の「かなし」はいとしいの意（後述）であって、この歌は男女が一緒に居る場面での歌と見られる。したがってどちらかといえば、恋の喜びを詠んでいるものである。東歌の特徴として、恋を喜びとして歌うものが多い。逢えない悲しみ・嘆きを強調する都人の歌とその点が異なる。もちろん悲しみの歌も多いが、そればかりでないのである。中には性愛の喜びを詠むものもある。「さらさらに」は、さらにさらに、の意ともとれる。「この子の」と言っているから、相手の乙女は目の前にいるのである。もしかしたら詠み手の男の胸に抱かれているのかも知れない。ほとんど性愛すれすれの感情である。

「かなし」という形容詞は東歌では、いとしいの意になる場合が多い。もともとこの語はいとしい人や心引かれる物を思ったり見たりして、胸がキュンと熱くなるという心情を表す。それが離ればなれでいる時に使われれば、せつない、悲しい、の意味になり、さらに恋情から離れて一般化すれば、荒れた古京を見ての感情になったりする。これも東歌が都人の歌と異なるところで、東歌の感情が身体性を帯びていることを示す。ため息の様な感情である。なお「吾が恋は」の歌（巻十四・三四〇三、二三八ページ）の項を参照されたい。（森）

武蔵野《むざしの》に　占へ《うら(え)》象焼き《かたや》
現実《まさて》にも　告《の》らぬ君が名　占《うら》に出にけり　（巻十四・三三七四）

武蔵野尓　宇良敝可多也伎　麻左弖尓毛　乃良奴伎美我名　宇良尓佰尓家里

〔武蔵野で占いをして象焼きをし、現実には私が口に出したこともないあの人の名が、占いに出てしまったよ。〕

武蔵野は現在の埼玉・東京・神奈川東部にまたがる平野。「占へ」は占いをして。「象焼き」は鹿の肩の骨を焼いてひび割れの具合によって占いをすること。

武蔵国の東歌。女の歌で、好きな男が居るけれどうわさが立つのを恐れて日頃一度もその男の名前を人前で口に出したりしないように気遣っている。それなのに占いに、自分とその男が恋仲だという結果が出てしまった、と嘆いている歌である。恋は秘め事で、露顕してしまうと邪魔が入ったり、本人たちがまだその気になっていないのに結婚に追い込まれたりしてしまう。娘が密かに誰を好いているかは母親の重大な関心事であったから、母親がみずから占いをしたか、占い師に頼んだかした、というような事情が想像される。

しかしこれはもっと重大な恋を詠んでいる歌ではないか。男女関係は時に村落や一族の掟に反するようなかたちに進むこともある。そうした悲恋（許されぬ恋）の女主人公の歌として詠まれた歌かも知れない。「象焼き」の占いは占いとしては厳格なもので、誰にでも個人的にできるものではないような気がする。武蔵野のある村に不吉なことが続いて、何が原因か占ったら、密かに許されぬ恋をしている男女がいる、と結果がでた。そんな古代村落の一挿話を想像してみたくなる。（森）

悲劇とすれば、禁忌の恋ということになる。『日本書紀』允恭天皇条に、軽太子と軽郎女が同母兄妹でありながら通じ、夏なのに熱い汁物が氷り、占ったところ密通があらわれ、太子は廃され、流されたという話がある。森評はこの話を念頭に置いていたに違いない。

象焼きという占いは、亀の甲羅を焼いてできた筋で占うのが占部氏のやり方だった。中国渡来の占い法で、漢字の起源にもなったという。つまり、この占いは専門家の行うものである。『新撰亀相記』という書物も残されている。亀の甲羅ではなく、鹿の骨を焼くこともしたらしい。

この歌が物語を想像したくなるのは、「武蔵野に占へ象焼き」で、なぜ武蔵野なのかがよくわからないからである。武蔵野といっても広いし、また野で象焼きの占いをするというのも妙だ。専門家にみてもらうようなら、森評の、「武蔵野のある村に不吉なことが続いて」と考えるのも頷ける。しかし、「ある村」というようなことで「武蔵野に」というかはやはり疑問だ。

そして、占った結果が、普通は口にしない恋人の名が出たというのも、大げさである。たとえば、一年に一回、占いの専門家を招いて、村のこと全体を占ってもらうという行事があり、そこで、こういうことが起きたということかもしれない。（古橋）

吾《あ》が恋は　まさかもかなし
草枕　多胡《たご》の入野《いりの》の　奥もかなしも
（巻十三・三四〇三）
安我古非波　麻左香毛可奈思　久佐麻久良　多胡能伊利野乃　於久母可奈思母
〈私の恋は今もせつない。〈草枕多胡の入野の〉奥、行く末もせつない。〉

「草枕」は旅を喚び起こす枕詞だが、ここでは草を枕として宿るという本来の意で使われている。旅寝である。入野（現在の群馬県田野郡吉井町）に入って先に行く、つまり旅である。その「草枕多胡の入野の」が「奥」を喚び起こす序詞になって、恋路の先（奥）への不安を表現している。

序詞と解さなければ、旅の行く末の不安と恋の行く末の不安が重ねられていることになる。前に取り上げた「多麻川に」の歌がそうなように、この歌も、序詞という方法を使いながら、序詞が造る像が以下の言葉の造る像に重ねられてくるように感じられる。下三句全体を、恋人が旅に出ているか、自分が旅に出ているか、どちらでも成り立つが、その旅の行く先の不安を詠んでいるとも詠めるわけだ。しかし、二句の「まさかも」と五句の「奥も」とが対応しており、一首全体を恋の歌と読める。なかなかいい歌と思う。

「かなし」は今は悲しいの意になっているが、「多麻川に」の歌ではいとしいの意だし、この歌ではせつないの意だろう。あるものに対して胸が締め付けられるようなせつせつとした気持ちを

あらわす。沖縄では、恋人をカナシャという。シャは者。（古橋）

この歌の「かなし」も「多麻川に」の歌（巻十四・三三七三、一二三四ページ）も「悲し」の意味に解釈せず、胸がキュンと締め付けられる意味に解いた方がよい。古橋評もその趣旨を含んでいよう。私の恋は今も焦がれているばかり、この先もずっと焦がれているばかり、というふうな意味の歌なのだ。相手を胸に抱きしめたいと願う激しい息づかいが聞こえて来そうな、性愛願望にも近い心の表現だ。

こうした「かなし」は都の歌には少ない。「かなし」の原義がここにある。中央語は発達が急で、どんどん新しい意味に変化して行く。古いことばは東国や沖縄・奄美などの周縁部（地方）に残りやすいということか。沖縄では「首里天がなし」のように国王の敬称に用いられたりもする。石垣島の来訪神の名に「まゆん（真世）がなし」というのもある。これらは国王や神に対し、心のそこからの思慕を表している。

この歌、「多胡の入野の奥」という表現も味わいがある。「入野」とは山の方へ深く入り込んだ平地を言うのだろう。その奥深さが、ずっとずっと遠い先、遠い未来をうまく表現している。こういう何気ない序詞の比喩が東歌の生命である。また野が特に奥まで入りくんだこの地の土地柄を詠み込んで、みごとに土地の歌にもなっている。（森）

汝《な》が母に　嘖《こ》られ吾《あ》は行く
青雲《あおくも》の　いで来《こ》吾妹子《わぎもこ》　あひ見て行《い》かむ《ん》　（巻十四・三五一九）
奈我波伴尓　己良例安波由久　安乎久毛能　伊弖来和伎母児　安必見而由可武
〔お前の母さんに叱られながら俺は引き返して行く。〈青雲の〉出ておいで、吾妹子よ。一目逢って行こう。〕

「嘖《こ》られ」は叱られ。「青雲」は灰色または淡青色の雲。「出で」の枕詞。「吾妹子」は男から妻や恋人の女を指した語。中国少数民族の歌垣でもその他の地域の恋の歌でも、愛し合う男女は互いに兄・妹と呼び交わす。日本では「背《せ》（兄）」「妹《いも》」と言った。「子」をつけるとさらに親愛の情が加わる。

娘の母親は、娘に近寄ってくる男をいつも警戒している。東歌の中に次のような歌も見える。
妹《いも》をこそあひ見に来《こ》しか眉引の横山辺《へ》ろの鹿猪《しし》なす思へる（巻十四・三五三一）
あの子にこそ逢おうと思って来たのに、横山あたりをうろつく動物のように思って追いはらうよ、の意。これも相手の母親などに追いはらわれた男の歌であろう。

万葉集の恋の歌の中には、そういう立場として母親を詠んだ歌がたくさん出てくる。この歌もそうで、母親が、娘を誘いに来る男を叱りつけて追い返したのだろう。すごすご帰る男が空の雲など見ながら詠んでいるのだ。「青雲の」は比喩として少し分かりにくいが、万葉集には旅に出た者が嶺に立つ雲を見て恋しい人をしのぶ、といった歌が多く見える。東歌にも見えている。そうした歌の詠み方の通例に習って、無造作に置いたものかも知れない。あまり技巧を意識しないところがかえって良い。（森）

防人歌も東国の歌だが、その防人歌も含めて、歌に母が登場する場合がしばしばある。母は、というより主婦は家の内のことを管理した。男は外を、女は内をという分業がきちんとしていた。男と女だけでなく、それぞれの役割が明確な社会だったのである。母は子供の教育、家族の健康管理などをしていた。

だから、若い娘の母に叱られるのは当然である。これは、たぶん都のある大和でもあまり変わりなかったはずだ。巻十六には、親に隠れて恋愛していることを気にしている歌が二首ある（三八〇三、三八〇六）。これが実態であるにもかかわらず、都人の歌にはそれほど親が登場しない。人目、人言を気にする場合が多い。親も人のなかに入っているのだろう。パターン化したうたい方ができている。

「青雲の」は「出」を喚び起こす枕詞とみたほうがいいと思う。雲が出るように、出て来るというのは落ち着かない。だが、珍しい。（古橋）

陸奥《みちのく》の　安太多良真弓《あだたらまゆみ》　弾《はじ》き置きて
反《せ》らしめきなば　弦着《つらは》かめかも　（巻十四・三四三七）

美知乃久能　安太多良末由美　波自伎於伎弖　西良思馬伎那婆　都良波可馬可毛

〔陸奥の安達太良《あだたら》地方特産の弓は、弦《つる》をはずしたまま長く置いて反らしてしまったら、今度は弦がかけられるかしら。〕

「譬喩歌」と分類された歌群の中の陸奥国の歌である。全体を弓を詠むことで通しているが、弓に弦を掛けるのは、万葉集では男が女を自分のものにすることの比喩で他にも例がある。「陸奥《みちのく》」は、この当時は現在の福島県・宮城県及び山形県東部に渡る一帯。「安太多良」は福島県の安達太良山あたり。「真弓」は弓のほめことばとも、檀《まゆみ》の木で作った弓ともいう。「反《せ》らしめきなば」は「反《そ》らしめ置きなば」で、反らせておいたら。「せらす」は「そらす」の古代東国方言。「弦《つら》」は弓の弦。「着《は》かめかも」は（弦を）掛けることができようかなあ。「着《は》く」は弦を掛けること。安達太良名産の弓は弾力が強いから、反らせたままにしたら弦を掛けにくい。そのように私を放ったままにしていたら、もうあなたのものにはならないわよと、女が男に言っている歌だ。男が、ほかの男たちからも騒がれている魅力的な恋人について詠んだ、ともとれるが、女が詠んだととる方が挑戦的でおもしろい。

気性の強い東国の女がおっとりした男を逆にリードし手玉にとっている。笑いもあるが女の情

もこもっている。（森）

　巻十四は東歌が収められている。こういう分類もこれまでなかったものである。民間の歌や伝承されている歌が収められている巻々の次に東歌があると考えると、納得がいく。民間に目が行き、次に地方に目が行ったという感じである。しかし地方の歌は東歌しかないから、地方の代表である。なぜ代表になるかといえば、天皇は九州から大和に来たというように、東に未開の像をもっている。実際、東国は蝦夷の土地であったが大和朝廷が征服していった。そして、東北はまだ蝦夷の国だった。大和朝廷の統治を受けているという意味で文化の最前線であった東国にはまだ荒ぶる世界の像があったのである。

　東歌は一字一音の表記をしている。この歌では「そらす」が「せらす」で、その方言を活かすように表記しているとみていい。これは、地方性をあらわしているわけだが、音に対する関心があるのではないかと思う。口語的という言い方をしてきたが、口で話されることばをそのまま活かそうとしているのである。

　こういう関心は、人麻呂に始まる近代の歌が文語的になっていると感じられたからだと思われる。歌の革新が求められつつあったのである。（古橋）

稲舂《つ》けば　皹《かか》る吾《あ》が手を
今夜《こよい》もか　殿の若子《わくご》が　取りて嘆かむ　（巻十四・三四五九）

伊祢都気波　可加流安我手乎　許余比毛可　等能乃和久胡我　等里弖奈気可武

〔稲をつくとあかぎれができてしまう私の手を、今夜も若殿さまが取って嘆くだろうか。〕

この歌は、「多摩川に」の歌と違って、詠み手が稲をつく労働をする女とはっきりしている。昨日の逢い引きのとき、手を取ってあかぎれをさすりながらかわいそうにと嘆いてくれたことを思い出し、今夜もそうしてくれるだろうかと詠んでいる。女心というより、相手のふとした行為、言葉が胸に響く恋心をよく表現している。

「殿の若子」は館の若殿さまで、若殿さまと働いている下女とでもいえば、行く先はあてにならない関係であり、私個人は権力で女をものにするなど、セクハラだと思って好きではない。しかし、後に物語の主題になるように、身分制社会では、上の身分の者は人格も容姿も言葉もなんでもすぐれた者という立前だから、どの女も憧れる対象であった。

万葉集には、「若子」を詠む歌がいくつか見られる。「みつみつし久米の若子《わくご》がい触《ふ》れけむ磯《いそ》の草根の枯れまく惜しも」（巻三・四三五）は、瀬戸内海地方の旅の途中で、若死にした久米の若子を詠む挽歌である。この歌の前後の歌で、恋にかかわって亡くなったらしいことが推定される。身分違いの悲劇的な恋の伝承とでもいうものをうたっているのである。このように、地方には

「若子」の恋物語があったと考えられる。（古橋）

この歌を稲舂きの労働歌（稲舂きの時の掛け声の歌。殿の若子との夜の密会への期待を歌うことによって、苦しい労働を励ます歌）と見る意見も根強いが賛成できない。東歌をただちにそうした機能と不可分の歌と見たり、後世の民謡と等しなみに見たりしてはならないと思う。このことは後に防人歌の「吾ろ旅は」（巻二十・四三四三、二五〇ページ）のところでふれる。

「殿の若子」とはどのような人だろう。東歌には次のような歌も見える。

都武賀野《つむがの》に鈴が音聞ゆ可牟思太《かむしだ》の殿の仲子《なかち》し鷹狩《とがり》すらしも　（巻一四・三四三八）

「仲子《なかち》」は次男。仲ち子の略。「鷹狩」は鷹で鳥を捕る狩。とりがりの略。鈴の音を聞きながら、殿の仲子の鷹狩を想像する歌。これは次男だが、可牟志太《かむしだ》（現在地不明）地方の首長層の家の息子か。「殿の若子」も同様の者であろう。古橋評に言う物語的存在と見るのも一つの考え方である。ただし、固有名詞的でないのと、殿の若子自身の行為を詠まず、それに向けての女たちの思いを詠んでいる点が気にかかる。東歌には、伝説上の美女の真間手児名《ままのてこな》との間にうわさが立ったと喜ぶ男の歌がある。これも伝説上の人物とするなら、その美男を自分の相手として少し空想的に詠んだ歌か。（森）

昨夜《きそ》こそは　児《こ》ろとさ寝《ね》しか
雲の上ゆ　鳴き行く鶴《たづ》の　ま遠《とほ》く思ほ《（お）》ゆ　（巻十四・三五二二）
伎曽許曽波　児呂等左宿之香　久毛能宇倍由　奈伎由久多豆乃　麻登保久於毛保由
〔昨日あの人と寝たばかり。なのに、雲の上を鳴いて飛ぶ鶴のように、遠いことに思われるよ。〕

これも東歌。東歌は「寝る」という言い方が多く、他の歌つまり都の歌は「逢う」と詠むといわれる。東歌は直接的だというのである。労働や生活をうたうことと関係していそうだ。「昨日こそは児ろとさ寝しか」の「こそ」は係助詞で「昨日」を強調しているから、昨日こそ寝たとなるが、現代語では係助詞はなくなっている。このことは、最近の読書でいうと、山口仲美さんの『日本語の歴史』（岩波新書）がわかりやすく説明してくれている。それで、文意から「昨日寝たばかり」と訳してみた。それなのにというニュアンスで下の句に繋がっていく。「さ寝」のサは、五月のサと同じ語で、本来は、神々が降臨し、満たされた状態になることをあらわした。五月は、穀霊が降臨する月という意である。だから田植えをする月になる。早乙女と呼ばれる女が穀霊を迎える役割をする。「さ寝」も、本来は神女が神を迎えて共寝することだったが、その満ち足りた共寝の内容が歌にこの言葉を残した。恋人との充足した共寝の言葉である。「ま遠く」のマも同じような語で、神との距離の遠さととれば、ほんとうに遠く感じられる。

（古橋）

　これも性愛をそのままに詠んだ、東歌の特徴がよく出た歌。昨日寝たばかりなのに、もう「ま遠く」思われる、というのである。「ま遠く」の「ま」は、「雲の上ゆ鳴き行く鶴」の比喩から考えると古橋評の解がうなずける。「間遠く」とする解釈と両説がある。後の方の解釈による場合は、その上の比喩は、鶴の声が間隔を空けて「間遠く」聞こえることと見るのであるが、雲に隠れて姿が見えず声だけ聞こえる鶴は、遠くにいるように思われると見た方がよいだろう。

「ま遠く」思われるものは共寝か、それとも共寝の相手自体か。通常は共寝と解されているが、相手とすることも不可能ではないだろう。なぜかと言うと、「たづ」はしばしば相手の思いを伝えるメッセンジャーとして詠まれる。「たづ」という語は、尋ぬ・訪ぬ・たづたづし（たどたどしい）・たどる、などと関連し、その鳴き声が伝える、相手のメッセージのたどたどしさに由来する歌語だからである（森朝男『古代和歌と祝祭』有精堂出版）。昨夜共寝をしたのに、ちょっとでも離れていると恋しくてやりきれない、相手が遠く感じる、というふうに解せなくもない。恋をしている者の偽りない心理である。（森）

父母も　花にもがもや
草枕　旅は行くとも　捧《ささ》ごて行かむ(ん)
丈部《はせつかべの》黒当《くろまさ》
（巻二十・四三二五）

知々波々母　波奈尓母我毛夜　久佐麻久良　多妣波由久等母　佐々己弖由加牟
〔父と母も花であったらなあ。〈草枕〉旅をしていても手に捧げ持って行くものを。〕

大伴家持は越中国守の任務を終えた後兵部省の役人になり、東国諸国から集められた防人《さきもり》（九州の北辺を警備する兵士）を難波の港から船に乗せた。巻二十にはその時の諸国の防人たちの歌、昔の防人の歌などが一〇〇首ほど採録されている。父母や妻子と別れて旅立つ悲しみ、それをこらえて任務に就く忠誠心などを詠み、また送り出す家族が詠んだ歌もある。これを防人歌という。この歌は遠江国《とおとうみのくに》の防人の歌。

「花にもがもや」は花であったらなあ。「捧ごて」は「捧げて」の東国なまり。父や母への情愛を詠む歌は万葉集にあまり多くは出て来ない。ところが防人歌には集中的に出て来る。素朴な東国の庶民階級の人の作と見えながら、防人歌は意外な一面を持っている。父母への情愛はむしろ、国家における天皇への忠、家における父母への孝といった儒教的な倫理観を基盤にして出てきたもので、防人歌には案外にそういう主題を重んじる外からの誘導が働いていたかも知れないのだ。軍団内の指導層や防人を国から難波まで引率してくる部領使《ことりづかい》（各国の国司の中から選ばれる。事取り使の意）たちの力が作用していたということである。（森）

都人の旅の歌は、繰り返し述べているように、妻や恋人をうたい、父母はうたわない。旅の歌を、美的なものにするための歌の型が成立しているからである。それに対し、防人歌は父母を思う歌が多くある。妻や恋人をうたう歌もあるから、こちらのほうが実情に近いだろう。

大伴家持が防人たちの歌を集めたのは、人麻呂以来のそういう美的な歌の型をリアルに感じなくなった状況があったからに違いない。家持は東歌を読んでいて、歌の可能性を感じていたと思われる。しかし、家持にはそういう歌は詠めなかった。家持はむしろ、人麻呂の確立した歌に近づこうとした。名門の家柄で、中央の貴族として生きていくにはそうする他なかったのではないか。たぶん、この家持のおかげで、防人歌という万葉集全体からいえば異質な歌、民間の人々にとっての歌を知ることのできる歌を、われわれは読むことができる。

この歌は父や母を花に喩えている。こういう発想は他にはみられない。私は、ずいぶん前になるが、テレビで、アマゾンの若いインディオの男が、美しく咲いている花をみつけ、一枝折って、髪にさした場面を思い出す。かんざしといえば女のものに思ってしまうが、花を美しいと感じる感覚には男も女も同じはずで、男が髪にさしてもおかしくない。文化の型以前の感覚である。防人歌にはそういう感覚がある。家持はそれを感じていたのだと思う。（古橋）

玉作部《たまつくりべの》広目《ひろめ》

吾《わ》ろ旅は　旅と思《おめ》ほど
家《いひ》にして　子持ち痩《めや》すらむ《ん》　わが妻《み》かなしも
（巻二十・四三四三）

和呂多比波　多比等於米保等　已比尓志弖　古米知夜須良牟　和加美可奈志母

〔私の旅は旅としてしかたなく思うが、家で子を抱えやつれている私の妻がいとしいよ。〕

防人歌は、東歌と同じに、生活感情がリアルに表現される歌が多くみられる。この歌の場合は、幼子を抱えてやつれている妻を思い浮かべている。

万葉集には子を抱えた女を詠む歌は珍しい。旅の歌は多いが、ほとんど妻であっても恋人のように詠む。ましてその妻に子がいるなんて詠まない。妻との関係は対としてだけ詠まれる。家族を詠む歌もないといっていい。子を思う歌は山上憶良以外ない。歌は家庭というような日常世界を詠むものではなかったのである。それは、都の文化としての型が生まれていることを示している。その意味で、東歌や防人歌は、そういう文化の型が定着していなかったのだろう。

近代社会は家庭を表現の対象にした。私の世界が大きな意味を与えられたからである。そういう目から見て、東歌、防人歌は高い評価を与えられた。庶民の生活感情が素直に表現されているという万葉集に対する定番の評価は、ひとえに東歌、防人歌にある。しかしもちろん、東歌、防人歌と名が与えられているように、これらは特殊な歌で、万葉集のほんの一部でしかない。万葉集のほとんどの歌は都人、それも高い身分の人とその周辺の人々、国家の役人クラスの歌である。（古橋）

思《おめ》ほど（於米保等）・家《いひ》（已比）・持ち《めち》（米知）・妻《み》（美）など東国なまりが集中的に現れた歌だ。なまりを直さないで丁寧に表記した歌の記録者は、どんな気持ちからそうしたのだろうか。東歌も防人歌も、地方の歌を奉るという意識に支えられている。意識的なのである。

東国には五・七・五・七・七の短歌の形式にならない歌もたくさんあったであろうから、東歌や防人歌がすべて整然とした短歌形式になっているのは、都ぶりを東国の人たちに強いたことになる。それなのに方言やなまりをあえて生かそうとするのは、中央の圧倒的な支配力の下に余裕を持って地方を抱え込もうとするものだ。つまり万葉集に現れた地方は、中央に受け入れられるように、なかば変形された地方であることを忘れてはならない。

防人歌が、防人に任じられ、故郷を出て行く兵士や後に残る家族の悲しみを詠んでいるのも、そこに宮廷や天皇への抵抗があるとばかり見るのは間違いだ。つらさ・悲しさを強調すればするほど、むしろ、そんなつらさを乗り越えて出てくる忠誠心が表明されたことになる、という循環の構造があって、それゆえにまた彼らは思い切り苦しみを表現できるということなのだ。この歌も悲しみのよく出た歌である。（森）

占部虫麻呂《うらべのむしまろ》

旅と言《え》ど　真旅《またび》になりぬ
家の妹《も》が　着せし衣《ころも》に　垢《あか》つきにかり

（巻二十・四三八八）

多妣等弊等　麻多妣尓奈理奴　以弊乃母加　枳世之己呂母尓　阿加都枳尓迦理

〔一口に旅というけれど、俺の旅は本当の旅になってしまった。家の妻が着せてくれた衣には垢が着いてしまったぞ。〕

「真旅」は本当に旅らしい長い旅。「かり」は「けり」の東国なまり。

これは下総国（しもうさのくに）（現在の千葉県北部）の防人の歌。ちょっとした旅ぐらいに思って出て来たのに、長い旅になって苦しいことが続く。東国の兵士たちには初めて経験する、想像を絶する旅程であったのだろう。「真旅」ということばがおもしろい。妻が着せてくれた衣を脱がずにいるのは、妻が着せてくれた衣を妻そのもののように大事に思う心からのことかも知れない。

防人たちは各国から部領使《ことりづかい》に引率されて難波の港まで、兵粮は私で負担しそれを携えて来る。そこからは官船に乗せられ、官の兵粮を得て北九州へ赴き、対馬・壱岐・筑紫に駐在した。任期は三年で交代する決まりであったが、引き続き留まる者もいたらしい。大和朝廷の兵力基盤の土地として伝統があった東国から徴発されたが、一時廃されて西国の民を当てたこともある。平安時代の初めまで続いた。人数は多い時で三千人ほどになった。「さきもり」は「崎守」の意であるが、中国唐代の制度に習って「防人」と表記した。

防人歌には出郷の時の家族との別れを詠むものが多いが、このように旅の途上の思いを詠んだものもある。（森）

マという接頭語は、マコト＝真言（誠）、マユミ＝真弓、マキ＝槙（真木）という言葉があるように、さまざまな語につき、それそのものであること、最もそれらしいものを意味する。真旅は、最も旅らしい旅で、家郷にいないで辛い、孤独なものという内容だろう。その「真旅」という語と、「家の妹が　着せし衣」が垢だらけになってしまったという事態が対応している。逆に、垢だらけになったことから、旅はこういうものだったと実感したことから詠まれた歌だろう。

とてもリアルないい歌である。こういう歌を防人が作った。家持が防人歌を集めた理由がわかる気がする。家持は和歌形式でリアルな表現が欲しかったのだと思う。家持自身は文学者として、なんとかいい歌を詠もうと努力していた。だが、家持は人麻呂が拓いた和歌を棄てることができず、苦闘していた。そういうなかで、防人の歌に出会ったのである。（古橋）

厩《うまや》なる　縄絶《なわた》つ駒《こま》の
後《おく》るがへ《（え）》　妹《いも》が言ひ《（い）》しを　置きてかなしも

（巻二十・四四二九）

宇麻夜奈流　奈波多都古麻乃　於久流我弁　伊毛我伊比之乎　於岐弖可奈之毛

〔厩の繋いだ縄を切る馬がどうしてじっとしていよう。妻がいったのを、そのままにしてしまって、悲しい。〕

実をいうと、よくわからない歌である。上三句を、防人歌独特の生活を表現したととるのか、何かの比喩、格言みたいなものとしてとるのか。生活実感としては、暴れ馬を飼っていて、妻がいつも苦労していたのを思い出していることになる。比喩か格言としてとれば、私はあなたがいなくなればこの家を出て他の男の所へ行ってしまうといっていることになる。私としては後者をとりたい気がするが、その種の歌はなく、前者ととるのがいいのだろう。

しかしやはり、後者が棄てがたい。でないと、あまりに平和な家庭ばかりで、つまらなく思えてしまうのだ。いや、防人歌が嫌いなわけではない。ただみんな同じような人々ばかりでは不自然だ。それこそじゃじゃ馬みたいな女がいてもいい。

上三句は諺みたいなものなのではないか。（古橋）

「厩なる縄断つ駒の」までは「後るがへ」の序詞。厩に繋いだ馬が、主人の後を慕って綱を断ち切ってついてこようとする意。それを比喩として、実は自分が防人に出る夫について行きたい気持を表現したのではないだろうか。「後る」はあとに残ること。「がへ」は「かは」の東国なまりで、「後るがへ」は、後に残って待ってなんかいるものか、の意である。妻が後にくっついて一緒に行きたいと言ったのである。それをなだめて、置いて出て来て俺は悲しいよ、というのだ。自分が悲しいより、妻の必死にせがむなりふり構わぬとり乱しようが、つらくてならないのであろう。そう見ると、厩に繋がれた馬が大暴れをして縄を断ち切ってまで後を追って来ようとするのを比喩にした手法は、とてもよく理解される。和歌にはない比喩である。それだけに無惨な感じが多少誇張気味に具体的に出ていて、都ぶりの、ことばを選んだ歌とは異なる、防人歌の表現の自由さが見えてくる。防人らの出身地の東国は馬の産地でもあった。

国司が地方に赴任する場合も防人の場合も、任地に妻を同伴することが許されたようだが、それほど例のあることでもなかったようだ。しかも東国からはるばる九州の果てまで行く。前歌の評にも書いたように、任期は三年だが残留することもあった。また往復にも困難があって無事に帰って来られないこともあったようだ。

「かは」を「がへ」と言った例は巻十四の東歌の中で上野と下野（群馬県・栃木県）の歌に集中していることから、『萬葉集全注巻二十』（木下正俊）は、これもその辺の歌ではないかと見ている。（森）

# あとがき

青灯社の辻一三さんから、池田弥三郎と山本健吉が『萬葉百歌』という本を出している。万葉集から百首選び、その一首一首を二人で論評していく本で、とてもおもしろい、現在までの研究経過をふまえて、新たにそういう本を作らないかという話を持ち込まれて、すぐ思いついたのが森朝男さんである。森さんとのつき合いは三十年近くになるが、その誠実な人柄と万葉集への情熱と鑑賞力、批評意識に信頼を感じてきている。それでいて、私とずいぶん違う。二人の感じ方、読み方などが重なればとてもおもしろいはずだと確信に近い想いを抱いた。

快く引き受けてくれた森さんと、まず百首を選んで二人で持ち寄ってみるという作業が、またおもしろかった。私は七、八十首選びながら、こんな歌を選んで、古橋の鑑賞力はたいしたことはないなと思われるのではないかと、恥ずかしかったのだが、森さんもそう思ったというのだ。そして、互いの資料を元に検討し出すと、けっこう重なる歌があり、そうでない場合はなるほどと納得させられた。互いの歌の評価の仕方がよくわかり、学ぶことも多く、とても充実した作業だった。そして、五十首ずつ書き初め、相手の原稿を読んで、自分の分を書くという作業も、こういう読み方があるのかと感心させられる場合が多々あった。その意味でも、本書には二人の関心の違いや読みの違いも出ている。この違いの幅が現代の万葉研究に基づいた読みの幅だと思う。

この三月で定年を迎え、大学の勤めはしばらく続けるものの、授業だけもてばいい特任教授というありがたい身分になる。そういう区切りの時期に、こういう本が出せるのはとても幸運と思う。私の関心はこの七、八年ほど文学史を書くことに向かい、中世までは読み返してきている。古典を読めると思えるようになったのは、万葉集の読みの方法を二十年以上模索し続けたことの成果である。その意味で、万葉集はなつかしいというか、私にとって原点になる古典だった。

辻さんは、『万葉集を読みなおす』『古代の恋愛生活―万葉集の恋歌を読む―』の二冊のNHKブックスを作ってくれた方である。私がそれなりに一般書を出せるようになったのは、この二冊が大きい。その辻さんに、またこのような楽しい本をつくらせていただいて、とてもうれしい。辻さんは二十年前と少しも変わらず、ひょうひょうとしながらも、厳しいこともいってくれる。

（古橋信孝）

あまり例のないことかも知れないが、著者の素顔が読者に伝わるのは良いことだと思うので、二人であとがきを書くことにした。

昨年の春、古橋さんからお誘いの電話をもらい、昔楽しく読んだ『萬葉百歌』を思い出した。それはいい、是非やりましょうと、二つ返事でお引き受けした。その後青灯社の辻さんとも三人でお会いする機会を得てその思いはいよいよ本物になった。辻さんのお人柄にも接し、こういうお仲間に加えてもらって本が書けるなんて、何と幸せなことか、と思った。

この三十年、古橋さんも私も、どうやったら古い万葉集の歌を、ちょうどのかたちで読めるかを考え続けてきたように思う。古橋さんは文学史の理論が立てられれば読めるようになる、と考えてきたようだ。理論家でない私は、古橋さんの姿勢や書き物から学ぶところも大きかったが、どちらかというとやや感性的に、昔の歌のことばを見つめてきた。いま多くの人たちが、私たち現代の側の思い入れだけからは古歌は読めない、という感じを持っていて、それが万葉集を昔に比べ読みにくくしているのではないだろうか。著者の二人も同様の断念から出発して、それではどう読んだら読めるか、と考えてきたのだと思う。感性的な私は、きっと思い入れにも左右されやすかったはずだから、絶えず危うさを抱えてもきたと思うが、一方で、心でしっくり納得のいかない歌の読みは、きっとウソの読みだ、という気もしていた。

また古橋さんは、文学を考えるときに努めて社会というものを視野に入れようとしてきたと思う。私の方はそれに比べると内向きで、人の心の内面や詩情といったものへの関心が強い。その違いが本書にも出ているかも知れない。

ともあれ、この本の二人の歌の読みが、万葉集に関心を持たれる多くの方々に、多少ともお役に立ち、また万葉集を読んで行くお仲間が一人でも増えるなら、まことに幸いである。

それにしても選歌の過程で、武蔵大学の古橋研究室に出かけては、数回午後から夜にかけて、あれこれ話し合った楽しい時間が思い出される。二人とも今の世では絶対的少数派になった喫煙者だが、二人しかいない研究室では遠慮なく煙をくゆらせながら、随分雑談も楽しんだ。若い頃のようにこまめに会うことができなくなっていたので、思いがけぬ余禄を得た気分でもあった。
　良い機会を与えて下さったお二人に感謝したい。特に後れがちな仕事を辛抱強く見守り、適切な助言をいただいた辻さんに、心から謝意を表したい。

（森　朝男）

古橋信孝（ふるはし・のぶよし）現在、武蔵大学特任教授。一九四三年生まれ。東京大学大学院博士課程修了。著書『古代の恋愛生活』（NHKブックス）『吉本ばななと俵万智』（筑摩書房）『万葉歌の成立』（講談社学術文庫）『平安京の都市生活と郊外』（吉川弘文館）『誤読された万葉集』（新潮新書）『日本文学の流れ』（岩波書店）ほか。

森朝男（もり・あさお）現在、フェリス女学院大学名誉教授。一九四〇年生まれ。早稲田大学大学院博士課程修了。著書『万葉集』（加藤中道館）『古代和歌と祝祭』（有精堂出版）『古代文学と時間』（新典社）『古代和歌の成立』（勉誠社）『恋と禁忌の古代文芸史』（若草書房）『古歌に尋ねよ』（ながらみ書房）ほか。

森朝男・古橋信孝『残したい日本語』（青灯社）

万葉集百歌

2008年5月10日　第1刷発行
2019年5月10日　第3刷発行

著者　古橋信孝・森 朝男

発行者　辻一三

発行所　株式会社青灯社
東京都新宿区新宿1－4－13
郵便番号160-0022
電話03-5368-6923（編集）
03-5368-6550（販売）
URL http://www.seitosha-p.co.jp
振替　00120-8-260856

印刷・製本　株式会社シナノ

ISBN978-4-86228-022-0 C1092

小社ロゴは、田中恭吉「ろうそく」（和歌山県立近代美術館所蔵）をもとに、菊地信義氏が作成